FLORA MOHR

猛犸译丛

芙洛拉·莫尔

一部外星故事集

Paul Scheerbart

[德] 保罗·歇尔巴特 著

张政 译

广西科学技术出版社

·南宁·

图书在版编目（CIP）数据

芙洛拉·莫尔：一部外星故事集/（德）保罗·歇尔巴特（Paul Scheerbart）著；张政译. — 南宁：广西科学技术出版社，2024.8

ISBN 978-7-5551-2211-1

Ⅰ. ①芙… Ⅱ. ①保… ②张… Ⅲ. ①幻想小说—小说集—德国—现代 Ⅳ. ①I516.45

中国国家版本馆CIP数据核字（2024）第109011号

芙洛拉·莫尔——一部外星故事集

FULUOLA MO'ER—— YI BU WAIXING GUSHI JI

［德］保罗·歇尔巴特 著

张政 译

策　　划：黄　鹏　　责任编辑：冯雨云
责任校对：冯　靖　　助理编辑：安丽桊
装帧设计：黄　海　韦宇星　　营销编辑：刘珈沂
责任印制：韦文印

出 版 人：岑　刚　　出版发行：广西科学技术出版社
社　　址：广西南宁市东葛路66号　　邮政编码：530023
网　　址：http://www.gxkjs.com　　编 辑 部：0771-5827326

印　　刷：广西壮族自治区地质印刷厂

开　　本：889mm × 1194mm　1/32　　字　　数：144千字
印　　张：7.875
版　　次：2024年8月第1版　　印　　次：2024年8月第1次印刷
书　　号：ISBN 978-7-5551-2211-1　　定　　价：59.80元

知了

ZHILIAO

格物以为学，伦类通达谓之真知

目录

快活生物工厂

夜幕降临，皓月当空，草地上的毛茛被暖风催开了花。

草坪上走来五男五女。他们都觉得欧洲很无聊——无聊得要命。

“哪儿都无事发生，”他们忧郁地说，“我们可以去任何想去的地方，但哪里都重复着旧里拉琴所弹奏出的完满却愚钝的曲调。如果有谁知道哪儿有什么新鲜事的话，他一定能赚大钱。”

话毕，这伙人像仙鹤似的抬起腿，穿过了草地。黄色的毛茛在洒满月光的草坪上绽放——漫不经心地绽放着，好像真的无事发生一样。

突然，一个陌生的男人跨过路边排水沟，铿锵有力地喊道：“女士们，先生们！不要气馁，我知道哪里有新鲜事！”

这伙人惊讶地停下了脚步，像在欣赏世界奇观一般盯着这个陌生的男人。

他看上去十分优雅。黑色高帽、黄色长衣、王子牌领带和漆皮靴子，一切都非常典雅。但他只有一只脚穿了漆皮靴子，另一只脚上则仅套了紫色长筒袜。高帽前面有一个规则的五边形镂空，用金线整齐地镶了边。大衣的背面还被裁缝缝上了一件白色马甲——同样用的是金线。

除此之外，一切都无可挑剔，包括他的黑色山羊胡和苍白的脸色。

“诸位，”陌生男人开口说道，“不妨尝尝我的药丸，然后闭上眼睛，一切会以最快的速度筹备好。”

这伙人将信将疑地照做了。

当他们重新睁开眼睛时，陌生男人手里拿了一架高高的梯子。

这架梯子高到另一头可以直接靠在月亮上。

当这一切真实地发生时，这十个人的嘴里发出赞叹的尖叫。

尖叫过后，陌生男人拿起身旁的一个黑箱，打开并把它立在了梯子底部正前方。他催促道：“诸位，请赶快上车。这架梯子是一个缆车，箱子里面和马车无异，有着足够舒适的空间。”

这伙人再次将信将疑地照做了。陌生男人接着也坐进了箱子里，并合上了盖子。

黑箱子里变得十分昏暗，能听得到窸窣的嗡嗡声和口哨声。过了一会儿，盖子弹开，这几个人被送到了月球上。

月球上架着无数通往其他恒星的梯子。

“现在，”陌生人笑着说，“我们可以前往想去的地方了。你们听说过‘快活生物工厂’吗？我看你们的样子，就知道你们对此一无所知。如果你们想去那儿的话，请再次进入这个箱子。”

男男女女们想说些什么，但陌生人已经把箱子摆在另一架梯子前并请求大家立即入座。之后，就跟上次一样，黑箱子渐渐上升，升入了一个遥远的星空世界。这次的行程比之前长了很多，变得极其吵闹的窸窣声和口哨声也让任何谈话都无法进行。盖子再次弹开的时候，陌生男人也非常兴奋地弹了起来。他一边扶女人们下车，一边说：“女士们，我很高兴你们能穿得这么漂亮。男士们的高礼帽也让我感到由衷的快乐。你们此刻在‘快活生物工厂’的屋顶上。在此处所看到的，应是一片于你们而言崭新的星空。”

女人们发自内心地笑了，用最诚挚的话语表示感谢。男人们扶正了自己的礼帽，不知道该对这趟高速行程做什么评价才好。他们看到的每一颗星星都在生机勃勃地移动着。

“现代科技的进步……”戴着金色眼镜的男人刚起头，但又说不下去了。一个巨大的轮子朝他们驶来，所有人都被吓得四散而逃。

但轮子又突然停住了，所有人这才发现那根本不是一个轮子，而是一位年轻的“屋顶负责人”——他是这样介绍自己的。

这位年轻的屋顶负责人看上去有点儿奇怪：他不仅下半身有两条腿，每边肩膀上还有一条，这两条腿上的脚在高空中随风摇曳。有了这样的四条腿，这位负责人先生就可以像轮子一样非常轻松地奔跑。轮子先生的头紧紧地夹在朝天的双腿中间，而他的躯干并没比他的头大多少。

陌生男人把手穿过他礼帽上的五角形孔，挥舞着帽子以示问候，兴高采烈地说："屋顶负责人先生，这五男五女是从地球来的。您或许该给他们一个检验您艺术作品的机会。如果我没猜错的话，这些人应该非常乐意了解一下更高级的快活，但您可能得要给他们稍微提供些专业的解释。"

陌生男人重新戴上了他的礼帽，并转了个身，让所有人能看到缝在黄色长衣后面的白色马甲，以及在星光映衬下清晰可见的紫色长筒袜。

现在又有很多轮子从屋顶上滚过来，戴金色眼镜的先生清了清嗓子，亲切地说道："啊哈！那应该是屋顶负责人先生的同事们！"

"大错特错！"轮子先生骄傲地喊道："那是我的助手。他们正赶去吃早餐。我本来也正想去吃早餐的，但我非常乐意在匆忙动身前跟你们解释一下你们想知道的东西。认真听好了，我可没多少时间能浪费。在这深绿色的天空中，你们可以看到无数的星星，它们有些是红的，有些是蓝的。正如你们现在正试图用视觉说服自己那般，这些星星在不断地变大变小。在那边，你们可以看到六颗非常肿胀的浅蓝色太阳正在变成一个点。哦，它们已经变成点了！你们看我说得没错吧？好吧，这部分世界的星星有着非常特别的能力。它们其实并不是独立的星星。如你们当下在此看到的点和面那般，几颗星星组合才构成了一个独立的存在。这些星星能以闪电的速度喷射出一滴或是几滴液体，每滴液体在一瞬间就能射得很远。同时，星星本体又不会与这些明显尺寸相当大的水滴分离。想想地球上的糖浆！如果你们从里面倒了点儿什么出来，那么它通常会通过一根细细的糖丝和本体相连，并被来回拉动。这里也是如此！唯一的区别就是地球上的糖浆有时真的会滴落，而我们的星星不会。我们的星星将部分身体如糖浆般排出，朝着各个方向，因为在我们这儿，重力已经被其他的力所取代。我们的星星排出自己是为了避免总是生活在同一位置上，它们想要在同一时间存在于世界各个位置上。我们各类星星可以喷射出上千滴液体，同时又不与它们分离。也就是说，星星可以在世界的上千个位置上同时存在，同时出现在任何有新鲜事的地方。女士们、先生们，都听明白了吗？”

女人和男人们都若有所思地点了点头。他们真的听懂这个故事了。“现今我们获得了许可，”轮子先生说，“可以在此生产更多的小生物——起码与巨大的星星相较而言要小。我们有可能在实验室里制造各种形状的小生物。它们细微传感线的长短和星星的差不多。当然，这是地球人永远无法看到的。通过这些传感线，它们将自己的人格同时传送到不同的地方。这是一种更高级的二重身形态——一种有意识的形态。我们的生物过着多样的生活，这比单调的生活快活得多。正如你们所知的那样，单调的生活一般而言是相当无聊的。这也是为什么我们的工厂叫作‘快活生物工厂’。您听明白了吗？”

女人和男人们再次表示了肯定。

“接着，”轮子先生又开始说，“我已经准备好把你们变成快活生物了。你们将会过上比现在快活百倍的生活。因为你们即将拥有糖浆传感线，通过它，你们可以到达任何新鲜事的现场。你们再也不需要漫长地等待生活的精彩时刻。只需要浏览那座塔楼上的娱乐广告牌，这个地区所有的快乐都将为你们所用。在远处，还有艺术广告牌、战争广告牌、迷情广告牌和其他好几十块广告牌。但恐怕你们现在就要做决定，是否接受这样的改造。你们只需要进到那个蒸锅处里被捣烂就行。这相对简单的改造过程可以随时进行，但你们必须在接下来的五十秒内做出决定。我得去吃早饭了，真的没什么时间了。”

话音刚落，轮子先生就和穿着黄色长衣的陌生男人走到了最近的烟囱后面。随后，他用右手亲切地拍了拍那男人的白马甲。轮子先生有两只手，跟地球人一样。

“天哪！”卡米拉·施密特叫道，“这故事听上去要命。无论如何，我可不想被捣烂。”

这伙人绞着手，争论着、尖叫着度过了这五十秒。

当轮子先生回来时，戴着金色眼镜的男人代表所有人说：“负责人先生，我们由衷地感谢您友善的提议，但十分抱歉，我们无法给您肯定的答复。我们宁愿保持单调的生活，这对我们来说更安全。我们不得不担心太多样的生活会使我们过度紧张。”

“胆小鬼们！”轮子先生愤怒地喊道。

“把刷新处的杂役叫来！”他对一个匆忙经过的助手叫道。

然后轮子先生先生向早餐宫滚去。

穿着紫色长筒袜的陌生男人没有露面。

取而代之的是那个杂役，一个有着红色大头、黑色兽嘴和蓝色岩石牙齿的超级巨人。他提着头走到屋顶边缘，咆哮道：“我要把这些小小人类吹到哪儿去？这要跟我说清楚啊！”

几个助手告诉他是那颗人类居住的星球，并给出了相应的银河系编号。

接着，刷新处的杂役就把这十个地球人从屋顶上吹了下来。他们因此都陷入了昏迷。

当五个女人和五个男人恢复意识时，他们正躺在一片黄色毛茛盛开的草坪上。太阳火辣辣地照在这十个人脸上。

突然，他们像麻雀一般叽叽喳喳地吵了起来，纷纷指责对方是胆小鬼。卡米拉·施密特骂得最多。

吵完后，他们一起跨过了那个陌生男人曾跨过的路边排水沟。

*来自尼罗河的先生听完开怀大笑。*①

阿布德马利克将军一边像士兵那样往桌边行进，一边笑着说："好吧，诸位也不总是勇敢的。"

"但我们现在，"拉美西斯国王说，"得做个了结了。"

然后老祭司拉帕皮做了结语："请铭记，世界的任何一

①《快活生物工厂》这一故事选自歇尔巴特小说集《勇往无前》（*Immer Mutig!*）。主人公"我"被河马救了之后，被要求讲一个悲伤的故事。该书以这个情节为基底，将83个小故事串联起来。《快活生物工厂》是第83个，也是最后一个。此处用斜体表示小说内容，以将其与"我"讲述的故事进行区分。

部分都同世界本身一样是一个戈耳狄俄斯之结[①]。每个人本身也是一个戈耳狄俄斯之结。”

话毕，一双无形的手遮住了我的双眼，我陷入了漫长的、无梦的睡眠。

醒来时，我躺在一片黑麦田旁。田里盛开着蓝色矢车菊和红色罂粟花。不远处，一头浅棕色和白色斑点相间的牛正在吃草。

天空是深蓝色的。

我的腊肠犬坐在我的身旁，我叫它“黑鬼”，因为村里的年轻人就是这样骂它的。我饿了，把手伸进了大口袋里，看啊，手稿里混着许多彩色的丝绸手帕，上面有许许多多的结。

我想到了拉帕皮的结语。我把黑鬼叫来，给它脖子上围了一圈蓝色的手帕，而它黑色的身上已经缠了一圈黄的和一圈红的。黑鬼是个好伙伴，欣然接受了这一切。

然后我起身，看到远处有一片深蓝色的海，左侧是一个公园。

我知道自己在哪儿了。

---

① 译者注：戈耳狄俄斯之结（Gordischer Knoten），传说中亚历山大大帝在弗里吉亚首都戈尔迪乌姆时砍断的一个著名的绳结。该典故一般作为使用非常规方法解决不可解决之问题的隐喻。

我在吕根岛上，那公园是朱利叶斯鲁的，右边是布雷格。我从上世纪起就住在那里了。

我饿了，对自己的狗说："或许你知道我老婆今天中午做了什么吗？"那条缠着彩色手帕的黑狗叫了起来。但我没有理解他的回答。

我慢慢地走回家，狗在旁边的田里奔跑——如往常一样。

黑鬼看上去蛮好看的。

我抬头望了望天空，我突然感觉，它要变成两半了。

然后我又深情地凝视着这不可思议的伟大世界，它与我擦身而过，我不禁高呼："这就是世上永不枯竭的财富！"

随后，天上的一切看起来当然一如往常。

这只是一个瞬间，却牢牢地烙印在我心中。我继续慢慢地走了起来——回家。

新上层世界

“如果一个人，”聪明的克纳克斯说，“连如何帮助自己都不知道，那他就不能自诩是聪明的人。”

“那是当然！”听众们笑着叫道。

但他们的笑声很快停止了。他们并没有笑的心情，因为他们还有更重的忧虑。

金星是一个蕴藏伟大生命力的家园。克纳克斯和他的听众们都住在这里，星球上的一切都受到这伟大生命力的影响。

众所周知，金星不像木星、火星和地球那样自转。金星有一球面总是向着太阳。太阳非常热，所以金星这一面也很热。不出所料，在这一侧，生命力如瘟疫一般蔓延。

金星人背上的花状结构变化得非常快。它会变成长长的、嗡嗡作响的蝴蝶翅膀。翅膀很快会结成一团，整个化作复杂的果实结构。接着，它又迅速变大，从金星人身体里剥离开来，成为一个新的金星人。在孕育这些后代的过程中，他们的祖先完全无法影响花状结构的变化。在太阳附近，生物的繁殖以一种非常简单的方式进行，没有任何地球二元论的痕迹。

不难想象，如此便捷的生育方式给他们的生活带来了诸多不便。金星上的老人不会很快死去，因此人口不断增加。人口积累阻碍了各代人移动的自由。况且，谁会乐意看到自己和同伴都行动受限呢？在这种情况下，所有美好的品德都将被弃如敝屣。

此外，金星的受热面同时生存着两种截然不同的生物：一种肥硕且懒惰，上下两面都被龟壳状的东西覆盖；另一种有二十条手臂和修长的手。他们把手像握拳一样弯曲，就能方便地当作脚来使用。因此，多手者有着不可思议的活力。

不言而喻，多手者的活力和闹腾于悠闲、懒惰、匍匐在地的龟甲者而言是十分尴尬的，有时甚至是难以忍受的。

克纳克斯和他的听众是活泼的多手者。

每天，克纳克斯都为金星受热面该死的生命力而烦恼。早在几年前他就有了这样的想法，认为大量的塔楼和悬空的桥梁结构能帮助缓解金星表面空地紧张的状况。此后，人们的确也在山谷和高海拔地区建造了塔楼和桥梁。

然而，金星人该死的生命力已经过于旺盛，以至于所有的塔楼和桥梁也无法满足多手者的普遍通勤需求。多手者太多了，龟甲者也几乎铺满了金星地表。他们不喜欢多手者在他们背上或者附近跑来跑去，因为对他们来说，保持宁静似乎是生命中最宝贵的原则。

智者克纳克斯悲伤地说："老天爷啊，你可知道在我们阳光明媚的家乡已经没有能散步的地方？我们到底能待在哪儿呢？我们不能总是待在桥上或是塔里静坐或者画画。我们得散步，我们生来就不是那种能完全放弃散步的物种。"

克纳克斯的听众应和道："克纳克斯说得在理！"

但他们并不知道如何摆脱自由受限的困境。这些高度发达的生物当然不会想要干脆残忍地杀死多余的后代。金星人不知道什么是杀戮。

如果抚养金星上的多手者和龟甲者，还要像地球人那般学会猎食，那么金星的历史无疑会成为一部针锋相对的战争史。但这样的比较在这颗星球上不成立，因为金星人根本不以星球表面的东西为食。金星人——多手者和龟甲者皆是如此——一金星年里只进食一次。情况如下：

他们根本无法真正感受到饥饿。当他们看见自己身上的毛发突然变长，就明白自己饿了。这些毛发会长进橡胶般的金星表面，并在几个小时内非常迅速地从表面向下生长几千米，一直深入到行星的内部。这些毛发像细小的管子，从行星内部吸取营养物质，并传输到金星人的身体中。当金星人吸入足够的营养后，毛发断裂，他们就可以继续奔跑了。

如果龟甲者覆盖了整个星球的表面，那么多手者将无处汲取营养。但事情还没那么糟，星球上根本不会有这么多的龟甲者，因为金星表面非常大。

这半球的表面已经没有散步和奔跑的地方了，但还足够用来进食。龟甲者在其他方面非常好说话，还乐意为多手者提供空间。当多手者需要安静进食时，龟甲者们一个个堆叠在一起为他们腾出空间。安静的龟甲者只是无法忍受他们上蹿下跳、东奔西跑。所有的躁动都会扰乱安静的哲思，而这是龟甲者生活的全部。

然而智者克纳克斯从未停止对争取自由的思考，他每天都绞尽脑汁。有一天，他突然有了这样的念头并发表了演讲："各位金星同胞们！诚如你们所知，这颗行星的另一侧有着无数的环形山，他们不时地喷射出热气，热气高速地冲上天空并被寒冷的以太冷却。难道我们不能用这些非常轻的火山热气来制作气球吗？然后我们不就能借着这些气球自由移动了吗，你们怎么想呢？"

"什么！我们还能怎么想呢？我们将马上切割一部分的行星表面用来制作气球，这再合适不过了。"人们这样答复智者克纳克斯。

这个想法一呼百应，以至于人们都忘了感谢智者克纳克斯的灵机一动。所有多手者都迅速地投入这项工作中。龟甲者在听到这个计划以后，也为他们挪出了位置，并帮助他们切割行星表面。

嘹亮的欢呼声传遍了明亮的[①]金星表面。人们纷纷激动地握住智者克纳克斯的手以表感谢，甚至握到他的手都发痛、肿胀起来。

“感激之情也不是简单就能承受的啊！”他笑着叫道。

环形山口上方的气球很快就飞上了天。

多手者通过固定在气球表面的绳索便捷地来回穿梭。

但许多气球的表面马上就被撑成了圆形，且非常紧绷。气球表面变得异常光滑，在上面走路也变得不容易起来。

智者克纳克斯解释道：“各位金星同胞们！马上制作新的气球表面，并在绷得太紧的旧气球表面上戳些小孔，这样大气球就会变成多个小气球。供我们奔跑的表面也会再次变得不平整，出现更丰富的结构。”

克纳克斯反复解释了自己的想法。他的同胞们也渐渐理解，并按照他说的操作了起来。

气球上的欢呼声更高了。人们颂扬克纳克斯，仿佛他是救世主和救赎者那般。

现在，龟甲者在地表安静得可怕，他们十分高兴。

可惜，龟甲者的喜悦并没有持续多久。因为他们很快就

① 译者注：德语中 hell 一词既可以表示“嘹亮的”，又可以表示“明亮的”。

发现，随着新气球的产生，硕大的环形山气球还在日益变大，逐渐遮住了太阳的光线。于是，所有龟甲者不得不躺在阴影之中。

他们叫来了智者克纳克斯，并表达了对阴影的不满。

龟甲者说："我们不习惯这么多的阴影。我们生来就要每天对光和太阳、金星进行哲学思考。黑夜从未降临金星的这半边，我们不知道如何应对它。所以我们要跟你说，克纳克斯，尽快再想出一个应对阴影的主意，让所有黑夜般的事物消失，不然我们都会因为缺乏光线而灭亡。这是你不想看到的。"

克纳克斯用他的二十只手挠着七只耳朵，悲号道：

"我该怎么做，我该做什么？我不知道！我不知道！"

他跑到了一个洞里，又开始思考。他突然想到，可以在环形山口的边缘把所有气球都绑在一起，让它们一起升上天空。即使气球再升高几英里，较长的绳子也依旧能轻松地让他们与金星表面保持联系以汲取营养。

看——气球不一会儿就升高了几英里。

人们把新的气球绑在环形山上。住满了多手者的新气球升上了天。

马上，大量形态各异的气球飘荡在金星上空。

金星表面的龟甲者十分高兴看到了重获生机的大气层。

多手者也是，他们极擅长攀爬，从未从上面掉下来过。

“现在没有阴影了！”肥胖且懒惰的居民们喊道。

“也没有不安的灵魂了！”他们接着喊道。

在那个最大的气球顶端，克纳克斯正被当作救世主那样崇拜。从这个气球下面长出了至少两百个棍状的附属气球。他说：“没错，没错！气球上的居民！如果人不知道应该如何帮助自己，那他就称不上一个机灵的家伙；但若是他知道，他就一定是个机灵的家伙。”

巨大的太阳及其耀斑使得智者克纳克斯的脸颊和手都变成了褐色，太阳在金星的高空猛烈地燃烧着。

幸运的是，太阳附近的人已经习惯了这样的炽热。为了适应高温，他们的身体构造不断进化，因而这样强的热量丝毫没有伤害到任何金星人。

好奇者

一位巨人曾经想知道在这个世界的天空之“后”有什么，人们称他为好奇者。

于是他便一路潜行，这样就没人会察觉到他。他沿着未知的小路，翻山越岭，越冰跨海，来到了世界边缘。

在那里，这个比一百头狮子还要强壮的好奇者小心翼翼地把天穹一点点、一点点又一点点地抬高，直到他能把头伸进去为止……

然后，他看到了在天穹后面向四面八方延伸开来的世界。

巨人吓了一跳。

那个世界是如此难以置信的奇妙：盛放的奇花异草叫人眼花缭乱，鸟类和动物看起来都那么光怪陆离，山峰以奇特的形状陡峭地插入奇异闪烁的白色天空中，宫殿坐落在奇怪的花园之间……一切都是那么不同，大多数东西都难以用言语描述，因为没有人类或巨人曾了解过天穹背后的东西。

那个世界以难以置信的奇妙方式闪烁着，好奇的巨人神魂颠倒。他陶醉得忘记了还要用手撑住天穹……

他想热情地向上伸手，用高举而颤抖的双手来感谢那位高高在上、向他展示了所有壮丽的上帝。

在溢于言表、令人陶醉的极乐之下，他放开了天穹。天穹如一把利刃落在了他的脖子上，砍下了他的头。

巨人的身体在死亡的挣扎中抽搐不已，这个世界的天穹都在因此摇晃。

与此同时，好奇者的头却沉入了另一个世界。

这个世界的天空上有着无数的星星，它闪耀如常，仿佛永远不会被撼动。

只有那个好奇的巨人知道它的背后有什么。

这个故事再次以一种非常合理的方式“被解释”。[①]

没有人能抛弃自己的习惯，很不幸，这是事实。

“现在我们想再来解释一下，我们太习惯这样做了！”

三个人都这样觉得。

然后库桑德起了头：“好奇者是一个逐渐失去了理智的灵修者。正如我们所知，这是一个不常见的现象。”

当然，帕斯卡认为这都是错的。

“这是一部，”他冷冷地说道，“关于国家斗争的政治讽刺小品文。好奇者是一个俄国人，他把探进天国的头探得太

① 译者注：《好奇者》选自歇尔巴特的小说集《欢呼！》（*Na Prost!*），斜体部分用于串联小说情节，独立于本故事之外。

深，因此掉了脑袋！”

“白日梦罢了！”冒失的布吕尔迈耶夸张地叫道，“这次的事情很简单！好奇者就是个诗人。在他就要理清思路前，突然一切都如此明朗，他自然会失去头颅。最高层次的诗人迷思的奥义就是，他永远不能宣告自己理解了世界。”

“深刻的见解！”另外两人异口同声地喊道。

然后他们三人谈论了一整天，赞美了那笨重的、粗陋的、如球般的东西，最后他们连自己都理解不了了。

然后瓶子里的气氛随时间的推移完全改变了。

一片巨大的平静笼罩了三位学者，噪声消失了。

瓶子里的灵魂渐渐明白，他们的学术活动基本毫无意义。且谁认清了自己生命的无意义，就会因这样的想法而一蹶不振。

他们又读了一遍《洛沙》[①]。回忆起在早已崩塌的古老土地上辛勤劳作的时光，他们逐渐变得萎靡不振，虽然远方庄严而崇高的哀悼声试图调和这一切。

他们三人现在以一种非常平和的方式沉浸于古老的艺术生活。而这种生活方式在一万多年以前却让地球陷入狂热。

他们只是时不时地发表零星的意见，沉默占据了大多数

① 译者注：歇尔巴特的另一篇故事，记录了沿海灯塔上的女牧师洛沙与外来者的一次对话。

时间。

帕斯卡有一次认为："在任何没有哲学的时代里，诗人都没有受到迫害。他们能相当独立地生活，结果却渐渐获得了这么多哲学的特征，以至于诗艺遭到了破坏。"

库桑德有次生气地说："艺术不能沦为纯粹的字谜画游戏！"

布吕尔迈耶却立刻反驳道："每个诗人都热切地希望成为预言者，且热衷于给出'所有'的答案，这就是多变的预言体产生的原因！"

伟大的革命

——一篇月球小说

月球上是夜晚。

厚重的空气十分安静。

金龟子匍匐在昏暗的苔藓地上闪着光，就像星星在夜空中闪着光那样。

这里只看得到地球的四分之一，是个半圆形。

五个月球人飘浮在苔藓地上空，也发着光，但他们更像是荧光球。

飞在最前面的月球人突然变得像燃烧的煤炭一样火红，其他四个月球人掠过他身旁时也渐渐变得一样红。

月球人变红代表着他们已经准备好进行谈话了。

第一个变红的月球人若有所思，缓缓开口说道："我们居住的星球，亲爱的月亮，想要获得一只巨大的眼睛。如果可能的话，最终成为一只巨大的眼睛。只是一只眼睛，一只完整的眼睛。"

月球人在飘浮时，底部呈球状。球的顶端会长出躯干、萝卜大小的头和两条手臂。

这五个月球人的手有七根手指，长在手臂下面。他们现在正用手敲打自己气球般的肚子，发出沉闷的咚咚声，就跟敲鼓那样。

月球人用这种声音表达满足和喜悦。

拉希贝夫，一个月球人，几个世纪以来都因其火热的性格而出名，对着夜空嘹亮地喊道："伟大的马非卡苏方才所言给予了我们奋斗的支柱。我们所求即我们星球之所求。如果我们的意志就是星球的意志，那么所有的月球居民都应有同样的意志——我们必须在月球上建造一台望远镜，一台比月球还大的、跟月球直径相当的望远镜。"

当月球人越过自己气球般的肚子，俯身向下望时，黑暗的月球表面和布满星星的夜空似乎别无二致，因为地上的金龟子和无尽夜空中的星星一样，静静地闪烁着。

现在，五个月球人一同俯身前倾，萝卜头朝前，以前所未有的高速向下一座环形山飞去。

他们的萝卜头顶有一圈触角。飞行时，这些触角向四周伸展，如同一顶皇冠。它们像敏锐的嗅觉器官，可感知一切潜在的障碍物。

这时，科学家齐卡尔说："无论如何，我都怀疑月亮是否想在我们的帮助下执行它的意志。如果月亮真的想在另一面上长出一个和我们的眼睛一样的器官，那它根本不需要渺小的月球人的帮助。无法被科学证实的说法，比如这个‘月球之眼’一说，不应用来煽动情绪。在我看来，只需要说，我们想造台月球直径大小的巨型望远镜，这样就足够了。大话里总有些打趣的成分。大话与真实的愿景相悖。”

此刻，天空中的星星在闪烁。第一个说话的伟人马非卡苏那双淡蓝色的眼睛也在闪烁。他放慢飞行的速度，说：“无论如何，我很高兴伟大的齐卡尔并没有否定建造一台月球直径大小的望远镜的可能性。齐卡尔不想我用‘月球之眼’这样的提法，那我就尽量避免。尽管如此，我必须指出，星球经常直接用最小的生命体来实现自己伟大的星际意图。”

齐卡尔马上接话：“顺便，我们也应扪心自问，当我们这些月球人在用这台巨型望远镜进行观察时，我们的星球，即月球本身，能观察到什么吗？”

马非卡苏答道：“这的确有值得商榷之处。但我们也不应忘记，建造这台巨型望远镜的前提是不会对月球造成不便。我们不应忘了对整体性的尊重。”

谈笑间，这五人已经到达了环形山，停在环形山顶部边缘的五根天然柱子边。月球人把气球肚子缩成毛毛虫脚的样子坐在柱子上，腹部厚厚的橡胶状皮肤有力地包住了柱子的整个顶部。这就是月球人坐在柱子上的方式。非常舒适，看起来也十分惬意。

月球人还是像火红的煤炭一样闪光，他们的萝卜头和手却发出银白色的磷光，十只眼睛闪烁着浅蓝色的光辉。

现在，轮到有远见的罗索发言了。

“对！”他喊道，“我们完全理解伟大的马非卡苏。一切都在反对观测地球。那些渴求巨型望远镜的月球人，对离我们最近的星球——巨大的地球有着巨大的厌恶。我们应该放弃观测地球。从今往后，我们将致力于观测更遥远的星球和更遥远的宇宙空间。这就是未来的发展方向。”

在环形山前广阔的平原上，金龟子闪烁着。天上金色的星星也闪烁着。空气使得光影常常呈现出不同的效果。

激动的拉希贝夫，那个总是比其他人都要红的家伙，轻声说道：“罗索其实也不无道理。”

有远见的罗索又铿锵有力地说了一遍：“在月球始终面向地球的那一面，现在总共有大约一万台望远镜。环形山相当好用，即使单台望远镜不能大幅移动，各座环形山也起到了相辅相成的作用。对此我们很满意。每台望远镜都那么自然地安置于环形山中，如果我们看到一座没有望远镜的环形山，都几乎要觉得那才是不自然的——尽管我们知道，每十座环形山中只有一座安装了望远镜，其他九座还没有。如果有人有意在所有的环形山中装上望远镜，我会赞美这样的想法。因为这样的工作和被迫制作一台月球直径大小的望远镜相比，就是小菜一碟。我们的工厂经理在谈论一些要花费几个世纪才能完成的工作。因此，我明确地说，九万台环形山望远镜比一台月球直径长度的巨型望远镜要好！我就是这样认为的！我暂时不会改变自己的想法！”

平原上飘过一大群银色的磷光月球人。与深处的金龟子相比，他们并不像银龟子，而更像银色的星星从远处掠过。所有的月球人都无一例外有气球肚子，月球上所有的金龟子也是。

科学家齐卡尔轻声说道：“是造一台巨型望远镜，还是造九万台小型望远镜更吃力，这很难说，取决于小型望远镜到底有多大。最近几个世纪里，我们造的望远镜一台比一台大。如果我们造九万台新的望远镜时也越造越大，那么有可能最后制造出来的那台望远镜会比这一台巨型望远镜还要大得多。毕竟这台巨型望远镜的尺寸还不会超过月球直径呢。”

拉希贝夫笑了。

其他人也笑了起来。

但第五个月球人，那个沉默至今的、叫作克内帕拉的家伙，现在发言了：“这就是当人慷慨激昂地谈论时会发生的事情，人会跑题，最后变成一个笑料。最重要的事情却被抛之脑后。你们都没考虑到对地球的观测已经进展到什么程度了。这才是最重要的！我主持着九百台望远镜的观测工作，亲爱的罗索主持了四百三十台。这一千三百三十台望远镜几个世纪以来只负责观测地球！另外还有好几百台望远镜同样也只对准了地球。因此，我们完全可以说，月球上一半的人都只关心地球。”

“不是这样算的，”拉希贝夫激动地叫道，“超过三分之二的月球人关心地球。”

“好吧，如果是这样的话，”强大的克内帕拉继续说道，“那就更印证了我的想法。但我就不明白了，为什么你们这些地球之友，会突然决定放弃这项几个世纪以来一直为你们带来快乐的活动呢？大部分人会反对你们的。更好地理解地球人的生活可绝不是一件无足轻重的小事。我们已经能够读懂他们打印出来的东西，这花费了我们不少力气，因为我们从未亲耳听过他们的语言。我们见证了地球人为了全面发展做出的努力；我们见证了他们如何把铁轨铺满整个地球，并把其他东西都用铁丝网包裹起来。难道我们要突然放弃对这些精力充沛的人类的观察，转而寻找最远的星星？我必须郑重声明，我认为这个追寻天外飞星的目标是一次天马行空的、鲁莽的尝试。只要我还能说上话，我就会与世界之友做斗争，并尽我所能保护地球之友的工作。”

在这段发言期间，罗索身上的红色褪去了，克内帕拉现在也是，他们意图借此来打断这个谈话。

马非卡苏则变得愈发红了。他认真地说:“我知道，我们最强大的对手就是罗索和克内帕拉。世界之友也知道，他们将面临一场不小的战争。这是不可避免的。”

科学家齐卡尔的磷光身体上只有些许红点。

而当两位地球之友，罗索和克内帕拉，询问齐卡尔是否要一同前往锯齿状环形山时，齐卡尔身上的红点消失了。

然后齐卡尔陪着两位地球之友一起行动。

三位月球人友善地跟留下的人说:“晚安!”

回道祝福后，只剩下了伟大的马非卡苏和他的信徒拉希贝夫。

“你相信,”信徒匆忙问道,“齐卡尔会对地球之友保持忠诚吗?”

“我才不信呢!”伟大的马非卡苏平静地说。

现在，又有许多的月球人从不远处飘过。

过了一会儿，其中三个人加入了这两个发着光的世界之友的队伍。

这三个人也礼貌地说:“晚安!”

与此同时，他们在不久前另外三个人坐过的柱子上坐下。

“膏药男!”马非卡苏笑着说,“你要去哪儿?”

“坐在我旁边的纳杜克先生和克拉姆巴茨先生想结束自己的生命，因为他们已经累了。我们希望明天就能进入死亡窟。”

马非卡苏马上说道：“我由衷地祝福两位先生。若允许我与两位先生同行，我将非常高兴。”

膏药男问：“你也已经累了吗？”

“没有，”马非卡苏答道，“但我想在死亡窟找到一些新朋友。”

“啊哈！”纳杜克先生叫道，“他还没放弃自己对巨型望远镜的想法。”

“我从不放弃由我开始的事情，”马非卡苏说，“顺带一提，我们已经找到了一种新的动员手段。”

“让我听听！”克拉姆巴茨先生说。

但这些疲惫的人没有变红，膏药男也是。

但是，在马非卡苏说了这些话之后，这似乎并不令人厌恶。

马非卡苏现在发出了比之前更猛烈的光芒，像一块烧红了的铁。他轻声但坚定地说道：“如你们所知，月球的另一面——地球和我们都从未见过的那一面——没有空气。在那儿我们不能飞。我们在这儿只是无法爬高，在那里我们甚至不能用手爬行。然而，现在已经有几个投身于世界事业的朋友成功地沿着空气软管，在未知之地的边缘前行了一段距离。勇者们发现那里的地上都是透明的玻璃宝石。他们带了几块来。拉希贝夫也总是随身携带一些。我相信，月亮的另一面由这些透明玻璃石头组成。我们这半边的月球几乎是由大大小小的洞窟组成的，所以月球的另一面上肯定也有很多奇妙的、五彩斑斓的洞窟，里面充满了阳光。这不是很棒吗？单凭这些发光洞窟，我们就应该深入这古老月球的中央。从月球中央，我们就一定能很便捷地到达发光洞窟。即使在夜晚，这听上去也是十分奇妙的。如果巨型望远镜不再有吸引力，那或许玻璃宝石会有。”

“这就是那些玻璃石头！”同样发着光的拉希贝夫叫道。

当拉希贝夫从自己的背包里拿出五颜六色、闪闪发光的小石头时，那两个疲惫的人和膏药男变成了粉红色。

石头被一一传阅。它们在星光下呈现出钻石般多彩的光芒。

拉希贝夫解释道：“石头里也有真的宝石，它们会发光，在黑暗中也清晰可见。”

在三个人反复检查和赞叹这些石头之后，拉希贝夫与他们告别并马上飞走了。他还有很多事要做。

与此同时，留下的四个人一边兴致勃勃地表达着对发光洞窟的存在性和宜居性的看法，一边缓缓用一口气充满了自己的气球身体，升高并飘到了环形山的边缘。

环形山内部漆黑一片。

在山顶上，四个人把他们的气球身体聚在一起，然后头朝下扎入环形山深处。

月球人不需要明亮的指路牌，因为他们自己就是飞行的灯笼，能照亮一切。

他们的感知触角现在像角状装饰品一样从他们的萝卜头中僵硬地伸了出来。借助这些触角，月球人可以比用眼睛更好地感知所有远处的障碍物。

他们冲下来了。

他们穿过了环形山口，然后右转，接着左转。

在他们四人面前出现了一个巨大的石窟王国。他们飞了进去。

一道紫蓝色的光从岩壁上射了出来，月球人也变成了紫蓝色。

当月球人想要飘浮得慢些时，他们发现气球肚子不能像在月球表面那样充气，因为洞穴里的空气更为厚重。

在静谧的蓝色壁龛里，其他月球人坐在形状奇特的雪花石柱上休息，思考着地球和伟大的无限宇宙。

一切都是那么静谧且紫蓝。

然后四人都飘了出去，穿过了一个狭长的黑色石窟。石窟中一部分墙壁非常光滑，他们四人可以在黑镜中清楚地看到自己，因为月球人的身体会在较为昏暗的环境中发出更强烈的光芒。镜中的投影像遥远的幽灵一般左右摇曳。

然后他们从黑色的洞窟进入了明亮的琥珀色洞窟。这些洞窟与雾状环形山相连。

这里也更有生气。

许多月球人成群结队地从雾状环形山中冲出，直至下方深处的琥珀色洞窟中。他们带着玻璃板、测量仪器、纸卷、照明设备、管子、螺丝、液态和固态的化学物品、胶囊、软管、书籍、手工工具……不同的东西被零散地置于一个由月球人的橡胶皮肤拼成的平底托盘上。

其他的月球人带着铝桶、铁丝和铜棒，成群结队地飞向上方宽阔的环形山口。望远镜的终端设备像月球人长长的感知触角一样从环形山口伸下来。

“马非卡苏！马非卡苏！”欢呼声从四面八方响起。太多人想跟这位明星搭上话，他的三位同伴不得不缓慢地飘浮了起来。

在飞行过程中，世界之友的领袖听闻了许多新鲜事。

“你说得对，”一个非常肥胖的月球人对马非卡苏喊道，“你的想法总是特别实际。我们听从了你的建议，把进入我们管道的条件放宽了，然后获得了两百位追随者。世界之友又多了两百位！”

那个胖子像一块金子一样，带着松弛的肚子，迅速地冲了下来。

纳杜克问道："这里难道根本不观测地球吗?"

"老早的事儿了！"膏药男答道，"我们发现纳杜克你变得很疲惫。雾状环形山不会轻易地忘记任何人。"

然后，克拉姆巴茨笑着说："所以我的记忆还没受到影响。我也同样渴望着死亡。纳杜克并不知道雾状环形山里只能观察到星云。就是这样!"

环形山深处上下摇晃，它跟一个蜂巢一样，忙碌月球人的声音在混乱中嗡嗡作响。每个人在自己所负责的望远镜部分上都有相应的职责，就像是盐碱地里的蓝色甲虫。在月球上它们被称为蜜蜂，会破坏苔藓的种子。

一部分月球人负责管理摄影设备，另一部分人确保望远镜的运动轨迹如期延展，还有一些人坐在一旁负责运算——大多数人只负责"观测和调校"不同的清洁用具——另外，复杂的照明系统也占用了许多人力。

"现在，"纳杜克说，他一直专心致志地观察着望远镜上的所有活动，"我想起来了，我想知道这里是否也还在研究颜色光谱和热光谱。"

"这已经被终止了!"膏药男答道。

然后这四个人飞得快了点儿。

膏药男轻声说："纳杜克不应该忘记他想赴死了。疲惫的人不应再生龙活虎地参与到我们这个时代的事务当中，望向安逸之死的人不应再如此活泼了。”

“好吧，”马非卡苏答道，“其实纳杜克也没有那么活泼。”

这四人沉默地飘进了图书馆所在的大阅读窟中。那里所有的墙壁都洁白如雪，明亮如晴空。石窟有一百个角落。月球人坐在白色的柱子上。这些柱子从石窟的深处长出，立在墙壁前，高度都差不多。在柱子后面紧贴墙壁的壁龛里，躺着厚厚的书和地图集，供月球人翻阅和书写，以了解遥远的星云上所发生的事情。

收集来的书和地图集被堆放在狭长的侧洞内。侧洞的入口在更深处。就像轮辐包围着车轮中心，这些侧洞也绕着大阅读窟排成了一圈。

巨大的白色阅读窟里十分安静。没人察觉到这四个月球人的存在，因为这里大多数月球人都隔得很远，面朝墙上的壁龛。

定期跟踪观测雾状环形山的人比观测其他环形山的人要做更多的活儿。但在遥远星云中有所发现，是世上最有趣的事情之一了。他们不仅要复制数以千计的实时抓拍，还要机智地对获得的图像进行阐释、说明和组合。因此，图书馆里才会有源源不断的新书。

虽然地球观测已经能为小东西，比如那些文字品和印刷品，提供非常清晰的图像，但星云观测很明显还只能应用于很大的尺寸。

雾状环形山图书馆被地球之友称为“假设图书馆”。他们有着比这儿大得多的藏书空间。

在这儿，膏药男对马非卡苏说：“取笑这个图书馆是不对的。地球之友只认识那些跟他们身形差不多大小的生物。但是世界之友会认识比我们大几百万、几十亿甚至几万亿倍的生物！认识这些生物比和在许多方面与我们相似的小小地球人打交道重要得多。这点我们必须清楚。”

“那是自然，”马非卡苏答道，“因此，我们一定会在战争中取得胜利。但现在我们必须竭尽所能，用尽全力为伟大的革命做准备！我们的对手不会闲着，他们会阴魂不散，把月球人的工作美化成伟大的工作。我们则会被工作后的喜悦冲昏头脑。我们必须审慎、冷静地进攻。顺带一提，地球人的头、手和躯干长得与我们十分相近，但这并不重要。”

在此期间，四人早已离开了雾状环形山内的白色阅读窟。他们现在正漂浮在长长的翡翠长廊中。这些长廊呈螺旋状逐渐通向月球内部。马非卡苏红色的圆球身体在绿色的翡翠墙中间看起来十分美妙，就像一个飘浮着的大红橡胶球。

在下方深灰色的铅洞里，只有巨大的报时器发着白光。四个人把自己球形的身体完整地拼在一起，看起来就像一个空袋子。

然后他们再一头扎进了深处，进入了更深的洞窟。洞窟里有紫色、棕色和橙色的岩壁，都只能发出微弱的光线，里面的岩石很少有尖锐的边缘。

他们继续走向深处，探向月球的中心，直到沉寂的死亡窟。

但路途实在是太遥远，报时器的声音响了不知道多少次。

四人先穿过了朱红色的浴池窟。月球人皱巴巴的皮肤在此通过一种发汗疗法获得新生。然后他们到达了雄伟的烟民窟。烟民们在此处缓慢且平和地漂浮着，好似宽广无垠的星空世界中无事发生一样，他们在此处也常常被遗忘。

所有月球人都知道烟民窟，并常称其为镇静之庙。烟民窟是月球内部最宏伟的建筑之一，生长着能在短短几秒钟内长成半英里高的美艳花朵。

这些五彩缤纷、泛着珠光的花朵呈纤薄的扇形，像巨大的五彩冰花。但烟民窟里的花朵并不只朝一面生长，而是向四面八方伸展，可以变成宽大的尖蕊，也可以变成束状的花袋。泡沫藤蔓和如发丝般精细的叶脉微微蜷曲，颤巍巍地发着光。

每个月球人都把包拴在腰带上，放在气球身体后面。包里都放了个小而粗的石烟斗，烟斗头上藏了块奇怪的海绵。

这块海绵一碰到那些飘香大花的泡沫藤蔓就会迅速发热。然后，用这块海绵就能抽烟了。

整朵花会被发热的海绵吸入，然后像幻影一般消失。

就这样，月球人抽完了几英里高的花朵。这些花朵精美到连最娇嫩的手也感知不到它们的存在。

芳香的五彩云烟从抽烟的月球人的粗石烟斗中缓缓升起。烟雾是如此缤纷——像彩虹，蜿蜒盘旋上升，又像珠光，如白雪一般流淌。人仿佛还能在烟雾中认出那花朵。

马非卡苏现在点燃了烟斗，他的另外三个拥趸也紧随其后。

疲惫的纳杜克悠悠一笑，他对克拉姆巴茨说："漫长的生命与我擦肩而过。它飞升得如此之快，就好似那上方窸窣作响的花朵一样。"

一簇簇新生的花朵从深处盘桓到了上方。

吸烟的人们都飞到了锥形窟中。洞窟内部呈暗褐色，没有发出任何光亮。这里的花朵散发出比之前所有的墙壁更为动人的光线，跟月球人相比亦是如此。如珠光般的花光总是隐约地飘出，如蛇般的彩色光线接着又会颤巍巍地回到原处。

这是因为花朵并不是所有部分都能发光，却营造出了一种氛围，好像吸烟的人正在吞噬花朵中的光线。因为烟雾看起来和花朵几乎一模一样，只是烟雾的色彩变化更加不明显，有的时候有些浑浊。

大批的月球人从这四个抽烟的人身旁经过。在几秒内长成半英里高的巨型花朵也一直窸窣地生长着。

他们四人飘过了一个壁龛的小门，然后又一头扎进了几英里深的、陡峭的洞窟中。部分洞窟中只有嗡嗡作响的甲虫身上发出的光亮。并不是月球内部的岩壁都有发光的功能，那些黑暗的岩石看起来总是像天鹅绒。

现在，他们四人飞到了工厂窟的巨大国度。这里负责制造无烟的蓝色、绿色和红色的火焰，用以供给那些平滑反光的岩壁。行进间，他们总能听到不断的敲打声、叮当声、嗒嗒声、滚动声和敲击声。工厂窟负责源源不断地生产新的望远镜和新的工具或仪器。

膏药男说："其实也没有像人想得那样快。"

报时器提醒先生们，他们已经旅行了一百多个小时了。

马上就是半个月球日了。

无论月球人以多快的速度坠落，都不能那么快地到达死亡窟。

他们四人又在美食窟休息了一下。那里，厚重的空气本身就以不同的强度散发出不同的色彩。

吸入这种空气对月球人来说是一种非常特别的乐趣。这些厚实、闪亮、色彩斑斓的空气是纯粹的佳肴。

成群的、嗡嗡作响的虫子总是围绕在这里。

月球人无法在这种不安的氛围中待太久。就像有着空气身体的人只靠着空气存活，发光的空气是月球人生命中不可或缺的。这里只是一种类似周日消遣的存在。

在马非卡苏和他的三个伙伴充分地在轻盈的空气中恢复体力之后，他们继续朝着自己的目标下降。

两百个小时后，他们终于到达了位于月球中心附近的死亡窟。

在那里，月球人不坐在柱子上，因为没有柱子。

墙呈梯地式上升。

月球人躺在梯地上。他们用一只手撑着头，气球身体在撑头的手臂下方，像一块厚皮革一样平躺在石头上。

梯地上能听到微弱的窸窣声。

膏药男的助手从四面八方赶来，想送这三位先生回归平静。

马非卡苏笑着摇了摇头，然后膏药男轻声说道："只有这两位，纳杜克先生和克拉姆巴茨先生，想要结束自己的生命。给他们提供一个视角独特的位置。他们曾在锡矿环形山中完成了许多伟大的工作，被许多月球人视为领导。"这些助手都是非常友好的月球人，自愿选择了这份工作。他们把纳杜克和克拉姆巴茨带到了梯地中一个遥远的角落。这是一个开口式穹顶下方的延伸地带。在这里，人们可以仰望高处，望穿多棱多边的光窟。每个观察点的视野大约有七英里。

马非卡苏和膏药男飘到了富丽堂皇的角状梯地上。他们俯视着一边窃窃私语、一边等待死亡的月球人队伍。

这些将死之人并不是在交谈，只是在自言自语。

但他们所述又并非独白。

月球上的死亡和地球上的不同。

当月球人感到疲倦，他们靠近躯干的气球皮肤就会开始疼痛。若是谁感受到了这种疼痛，就会飘到死亡窟，让人在自己上半身的气球皮肤上贴上一张缓解疼痛的膏药。一个新的身体会从之前疼痛的地方生长出来。起初，它只有蘑菇般大小，但马上就会长出头和手臂。

当老的身体渐渐萎缩，新的身体会长得和旧的身体一模一样，只是新身体的皮肤上不会有这么多褶子。

老的脑袋就会对新的脑袋说话，就像父亲对孩子说话那样。

父亲的灵魂就会缓缓进入孩子的灵魂。

这其实并非死亡，只是一种转生。

这是一种奇观，见证老的自我融入新的自我。

这是一种奇闻，听到老的自己对新的自己说话，解释月球上须知的一切。

老的脑袋会一直说下去，直到新的脑袋变得和它一样聪明、一样大小为止。

这就像是二重身在相互说话。

老的自我正变成新的自我，这是完满的升华。

实际上只有老的皮肤死亡，最终像烟民窟里的花朵那般消散。

马非卡苏悬在半空中，倾听一个垂死之人对他的新生命说话。

膏药男继续飘过一扇拱门。

“许多事情就要发生了，”旧的脑袋对新的脑袋说，“这一定会给月球带来动荡。很多月球人已经不满足于他们现在的生活，他们想拓展自己的世界观，想比以前看得更多。伟大的革命即将来临，它将使我们放弃对地球的观测。但我们决不能忘记，在所有的革命运动中，只有纯粹的、非公立的观点才能获得幸运女神的垂青。我们必须始终保持冷静方能感知躁动的图像，就像一出伟大的图像剧，我们将作为远方的观众，漫无目的地欣赏。如果我们觉得在其他星球上所看到的东西不再具有足够的娱乐性，完全可以通过努力建造更好的望远镜，更深入地观测这些星球上的生命戏剧。但我们决不能忘记：贪婪也意味着危险。观测世界是一种自给自足、排他的行为，我们的注意力很容易被分散。我们可能会更关注局部而忽略了整体。我觉得你听懂我说的了，你将像我一样生活。我觉得我将会活在你之中。但请记住一点：当新的风暴来临时，行动起来，不要抵抗，但在发展的各个阶段要始终保持现有事物的和谐，这样你才能始终保持在自己的图像中的完整。”

马非卡苏听完浑身一颤，整个人变得通红，但马上又恢复成平日的银色，然后他的手上浮现出了绿色。世界之友的首领看到这变化，感到十分害怕，因为月球人身上的绿色代表了愤怒和令人羞愧的情绪。

马非卡苏低下了头，慢慢地飘走了。

巨大的死亡窟里总是非常安静，梯地上的窸窣声衬得这份安静格外明显。

在高处，几英里长的深色拱形天花板上，许多金子闪闪发光，犹如夜空繁星。

嶙峋的墙壁和拱门都是深紫色的，像天鹅绒一样。梯地平整的地面泛出黑珍珠一般的光泽。

老月球人惬意地躺在这片散发黑珍珠光泽的梯地上，手抱着头，身上皱巴巴的气球皮成了他们的沙发。

新月球人的身体从他们的躯干中缓缓长出，泛着淡蓝色的光，如幽灵一般。

只要老月球人还在，新月球人就永远是淡蓝色的。

将死的月球人惬意地躺在气球皮肤的一侧，看着自己的新生命在另一侧生长，听着他说话。

新老生命彼此友好相处，令人感动。

淡蓝色的月球人不断地缓慢生长着，老月球人也以同样的速度萎缩着。

“观点！”一个淡蓝色的月球人低声说道。

然后另一个人轻声说：“与存在者步调一致！”

然后第三个人说：“一直与我们所拥有的东西步调一致！”

然后第四个人非常小声地说：“一直与整体步调一致。所有月球人构成了一个共同体。”

然后第五个人笑着喊道：“世界必须进入我们，世上的一切！”

然后每个人几乎都只说了自己认为非常重要的事情。

绿色的身体对新生的月球人来说还非常陌生。

但新月球人的记忆马上就会变得非常丰富且完整，就像老月球人已彻底消失了的记忆那样。

这就是生命延续的方式，在神圣的重生之殿，在月球深处靠近中点的地方。

月球人疲惫地进入静谧的、深紫色的死亡窟，然后获得新生，又一次活力四射地从中走出。

当马非卡苏沿着蜿蜒的梯地飘浮，试图靠近那些已经可以离开的新生儿时——在死亡窟的底部，可以听到轻轻的敲击声和锤击声——马非卡苏的朋友们正在下面急切地寻找新窟的入口。

月球人得用手才能进入新的洞窟，就像地球上的鸟儿在地面行走那样。在其他地区的更深处已经发现了各种新洞窟。但近五十年来，无论他们在地下如何敲敲打打，都已经没有任何新的发现。他们再也没有敲出过空洞的声音，再也无法深入死亡窟的下方。

这让在下面工作的月球人十分伤心。因为这样的话，想要搬运那台巨型望远镜，就要进行浩大的钻探工程。这对享受安逸的月球人来说可不是什么值得兴奋的事。

半年后，马非卡苏出席环形山会议，地球之友的领袖罗索和克内帕拉也在。

他们在谈论地球。

长篇大论后，马非卡苏简短而郑重地说："如果有任何迹象表明，地球人已经严肃地废除了着装鲜艳的军队，不再想着自相残杀，那我就不会再对地球观测提出任何反对的意见。"

议会山上一片沉寂。几百个议员都屏住了呼吸。

好长一会儿之后，克内帕拉才轻声说道："我们也视这些盛装打扮的屠杀者为眼中钉。"

话音刚落，会场里又响起了轻轻的呼吸声。

"我想，"马非卡苏继续用响彻云霄的声音字正腔圆地说道，"给地球人五十年的时间，并把地球是否继续存在军队，作为我是否推进自己所计划的钻探工程的条件。如果他们在五十年内至少裁减了一半的军队，那我不会再提出制造和月球直径一样大的望远镜一事。"

议会山又陷入了沉寂，比刚刚还要安静。

然后，地球之友罗索轻声说："这样的提议是我们始料未及的。我并不反对，但还是想先听听克内帕拉的意见。"

所有议员都变得坐立不安。

每年，百名议员——有时也会更频繁地——聚集在议会山讨论月球人的一般事务，并最终对所有事务进行表决。他们围坐在天然的、深不见底的紫水晶石柱上，围成三大圈。中间的柱环比内环高，外环比中环高。外环后面散落着棱角分明的石英，好似它们是从这儿掉下来的那样。这洞窟的墙壁就是如此构成。石英上坐着数以千计的听众，但他们无法在百人会议里投票。

议会窟的圆顶上部和墙壁一样由石英构成，偶尔会透出几缕阳光。

议会窟是唯一一个从墙壁上接受阳光的石窟，而且它还能从穹顶中心顶部的环形山口获得更多的阳光，为紫水晶柱环提供了大量的光线。

会议只会在外面有阳光的时候召开。

百名议员坐在紫水晶柱上热切交谈，有时还会站起来交换位置。许多议员都会因为这样热烈的交谈而变得脸色通红。

虽然他们看起来特别激动，尤其是那些红色的人，他们的气球肚皮会膨胀起来，身体也随之飘浮起来，但实际上这只是出于舒适的考虑，以便在谈话时离对方近一些。

换位是一件非常随意的事情，但又显得那么优雅。就座时，他们的气球身体微微收缩，起伏地贴在紫水晶柱不规则的水晶头上，看起来非常柔软。

现在，克内帕拉举起自己有着七根手指的纤细右手——七根手指都变红了——在空中到处飞舞。

克内帕拉通体发红，吹起了自己的气球身体，使躯干高高地伸展开来。然后所有人都知道，克内帕拉要发言了。

巨大的议会窟又陷入了沉寂。阳光从上方的环形山口照射下来，十分耀眼，比议员们头上的感知触角还要明亮。

月球人身体上的磷光在日照下消失了，身体变成了珍珠灰色，泛着珍珠一般的光彩，但只是微微地泛着光，而且只持续了一瞬。

身体红得像烙铁一样的月球人，在日照下也是如此。

壁龛里和石英上的听众的皮肤现在也都泛着彩光。只有克内帕拉，那位想要说话的月球人，皮肤还是红色。

聪明的克内帕拉说："按照伟大的马非卡苏的说法，大家可能会认为我们只是观察小小地球人的地球之友。但并非如此，我们并非想要比较地球人和月球人，也并非想要把地球人和月球人对立起来。我们并没有给地球人——这些只有区区双腿的生物——那么多的赞誉。吸引我们坚持不懈地进行地球观测的，当然还有其他的原因。我们主要关注的是整个地球星体。如果我们在观测地球时，对地球人投入了更多的关注，那只是因为我们所说的那些地球人为地表的发展做出了最伟大的贡献。我们看到地球人如何在世界范围内搭建了铁路网和铁丝网，看到地球人在许多地方收集和堆积了能在夜晚发出充足光线的巨大石块。但是地球人所有的这些活动都不足以令他们与更高层次的生命体相提并论。因此，我们还暂时不能要求地球人放弃他们低劣的杀人本能。他们还应被归类为所谓的野兽，我们无法提出突破他们可悲的暴力天性的要求。"

演讲结束后，四周水晶墙上的听众们意味深长地互相看了看，纷纷表示赞同，只有少数人摇了摇头。

听众包括月球上的所有种族。这些种族的区别主要在于手指的数量和手臂的长度，有三根手指的月球人，也有每只手有四根、五根、六根或七根手指的月球人。而手臂的长度则带来了更多的种族差异。

每个环形山通常属于一个特定的种族，但这并不排除在较大的环形山的望远镜里，不同种族的月球人一起工作的可能性。由于四肢的形状对心理结构的形成只有次要的影响，因此几千年来，人们一直没有察觉任何内心深处对其他种族代表的反感之情。

三环中的所有人都一言不发。许久过后，马非卡苏再次发言。他缓慢而平静地说道："在我看来，与地球人打交道并非完全没有目的。在地球观测有关的图书馆内，有着数百万册只记录了地球人生活片段的书和资料集。我们知道，地球人还处在一个非常低等的发育阶段，他们仍然需要固体食物，通过把与自己有亲缘的生物尸体塞进自己的身体，让它们在里面腐烂，以养活自己。我们称这样的状态为野兽状态。但地球人其实比一般的野兽还要糟糕，他们指挥自己的族人与其他族人兵戎相见，用射击、击打和爆破的武器杀死他们，以便从自己兄弟手中夺取他们所创作的东西。多么卑鄙的兄弟啊！克内帕拉刚刚谈及了着装鲜艳的大屠杀凶手。嗯，我应该如何理解呢？克内帕拉难道想向我们证明，他彻底鄙视地球人？但正如我刚刚说的那样，图书馆百万册藏书和资料集与他唱起了反调。我觉得令人震惊的是，接受和平教育的月球人竟然对这种将同胞培养成大屠杀者的卑鄙生物产生了如此浓厚的兴趣，甚至每年要出版成千上万册有关这个野兽物种事迹的书籍。我并不认为这样的工作是为了更高级的星际探索，恕我无法苟同。我们应该对比我们更高级的生物更感兴趣才是。”

马非卡苏沉默了，从水晶墙边的听众之中传来了一些轻声的附和。

三圈紫水晶柱上没有人在移动，他们在等待克内帕拉再次发言。

又过了好一会儿，克内帕拉开口了：“地球或许像月球背面一样并不透明。因此，我们的研究不得不止步于地球表面。但我并不知道人们怎么可以对地球人如此多姿多彩的生活视若无睹。众所周知，地表的生活条件还没有发展到更高的阶段。然而，从这粗糙的外表，我们无法轻易推断出其内核的情况。我们研究表面，只是希望有朝一日它能让我们了解地球的内部。”

“这么硕大的工程只是为此？”马非卡苏现在大声叫道，“就为了这个？就为了能看到它的内部？哦！哦！我觉得把星体和我们苔藓地里有时会长出来的坚果相提并论是不对的。坚果爆炸时会散发出愉悦的气味，而星体爆炸就没这么简单了！我觉得地球这颗星体并没有处于令我们感兴趣的状态，因为我们的月球在几百万年之前就是这样的状态了，年轻的东西绝不会比古老的东西更有趣。我觉得地球这颗星体的内部也没有发育完全。它的内核还远没有成熟，外表也还没到炸开的时候。因此，我们应该放弃对这颗星体的研究，并把目光转移到那些在无限性和杰出性层面已经超越了月球的星体之上。”

伟大的克内帕拉在此期间已经不知不觉完全变成了绿色，他对马非卡苏说的话感到怒不可遏。

其他九十九个议员被克内帕拉因愤怒而变绿的皮肤吓坏了，因而陷入了尴尬的困惑之中。

但伟大的克内帕拉不以为然。他挺起腰板，身体几乎成球状，手和胳膊都不住地颤抖着，用嘶哑的语调说：“如果世界之友用这样的方式攻击地球的话，那我也必须对伟大的世界之友坦白：这种对新乐趣和新世界的不断追寻无疑是贪得无厌的特质，而非安逸的特质。因此，我确信世界之友正处在一个过度兴奋的状态。”

克内帕拉停顿了一下，因为他发觉自己手上还有绿色的斑点。但他马上接着陈述自己的观点，虽然声音现在突然变得非常轻，就像从远方传来的一样。

“地球人非常了解这种永不满足的状态，”他说，“当地球人的性系统受到过度刺激时，他们会贪得无厌地寻求新的刺激。在这种状态下，地球人也会想进入新的世界，这或许会让我们的世界之友感到十分满意。因此，我把我们的世界之友和受到过度刺激的地球人相比，或许也并非没有道理。我们月球人可不能再像地球人那样重获一个如此原始的、二元的性系统啊！但我不知道，在这种对于新世界和月球直径大小的巨型望远镜的贪婪之中，我是否觉察到了一种返祖的感情。无论如何，我怀疑世界之友正通过鼓吹巨型望远镜，以一种危险的方式煽动月球人的欲望，侵犯他们从观测的愉悦中收获的幸福感。请原谅我之前变绿了。我感觉地球之友在月球上所创造和收集的一切，都可能被不小心毁掉了。这让我感到惶恐，也让我无法阻止自己的身体变绿。”

他说完后，聚集在议会窟的人们陷入了死一般的沉寂。听众们所在的墙壁附近也跟石化了一般。月球人跟木偶一样坐在那里，没有任何感知触角在移动。

每个人都在用力地思考着克内帕拉说的话。

大家都认为伟大的马非卡苏还会发言。

但事情并不像他们所想的那样。

马非卡苏在完全沉默了近一个小时后，轻声说道：“请大家对我的提案进行表决。我们希望将钻探工程和巨型望远镜建设的结果与地球人战争状态的进一步发展挂钩。如果这数百年来最大的军队规模，在未来五十年内明显减少，也就是说五十年后军队规模是现在的一半的话，世界之友会永远彻底放弃巨型望远镜和所有的钻探工作。”

“这是不是意味着，”一位地球之友问道，“我们可以随时精确地数出地球上为了军事目的而着装的人数呢?”

“可以做到！”有远见的罗索解释道，“身着战服的地球人在地表上每天都十分显眼，我们最多可能会忽略那些伤兵。但我们已经逐页拍摄了各地的人口普查名单和许多战争学的著作。因此，即使是战争中的伤兵也不会逃过我们的眼睛。”

然后，议员们用手势互相表示，他们倾向于投票。

当一切又恢复沉寂时，有些月球人开始渐渐变成红色，而另一些则渐变成深灰色。

变红就代表接受提议，灰色则表示坚决反对。

清点过后，只有二十三个人变成了红色。如果马非卡苏的提议通过了的话，则应有七十五个人变成了红色。

马非卡苏笑了。

百名议员鼓起气球肚子，缓缓升高，从环形山口升到了明媚的阳光下。

观众席里的拉希贝夫急忙向马非卡苏望去，也露出笑容。

世界之友对表决结果没有任何不满。

就在世界之友满怀平静的信心坐看事态发展之际，地球之友却变得异常兴奋。

几个月球日后，成千上万的地球之友都对自己的“事业”感到十分激动，平静观测的愉悦在他们身上已经无迹可寻。

世界之友突然发现自己正面临着一场近乎激烈的反鼓吹运动。

首先，在锡山工作的月球人试图分发更好的地球人面部照片。到处都有人热情地解释说，无法从目前已获得的地球人面部照片中归纳出地球人长相的特点。

罗索议员是摄影方面的权威，他在一则通告中对此事发表了如下评论：

> 我们很难轻易从月球上观测到地球人的完整面部，除非他们正在空旷的原野上仰卧睡觉。不过我们现在知道了，这些睡觉的人大多是“无家可归者”，这个词在地球上的意思和“危害治安”差不多。这些无家可归的人也被地球人称为“流浪汉”。他们的长相让我们对地球人面相的本质产生了完全错误的认识。因此，我们首先公布了两千张地球

人面部的照片。这些面部形成的过程不能用简单的“兽性”一词来描述。新照片里的地球人都长得非常迷人，与之相比，流浪汉的容貌应属例外。我们恳请您考虑到上述情况，然后改变您对地球人本质的看法。

与此同时，克内帕拉依旧一直表现得非常激动，他发布了另一则通告。措辞如下：

最近，地球之友的环形山望远镜由于其前所未有的放大能力，提供了大量的观测资料，目前我们已经很难从庞杂的资料中判断其重要性。诚然，地球人一般都属于低等生物，他们只能通过杀戮和吞食其他更低等的生物来延长自己的生存期。但另一方面，根据我们终于可以辨认的摄影书页显示，也有地球人感知到世界上除了吃喝以外的事情。这些孤独却重要的地球人从令人厌恶的人群中脱颖而出，他们的画像绝对会十分有趣。月球人的主要特征非常相似。我们生来完美无瑕，仅靠空气供应就能维持生命。而地球上的生物则为了生存而激烈挣扎，表现出了更为丰富的发展形态。迄今为止，我们对地球人的普遍蔑视在某些方面似乎是没有道理的。我们不能忘记，地球人由于其天性的不足，经常思考如何改善自己悲惨的生活。在这种思考的过程中，地球人发现了被称为“艺术”的东西。几千年来，我们已经忘记了“艺术”一词，因为我们乏善可陈的生活方式并不要求我们去思考和构想一种更好的生活，我们也无法把它变为现实。然而，地球人总是激发自己的想象力，在世界上为自己创造另一个更美好的世界。或许只有较为优秀的地球人才会这样做，但他们一定存在，否则，我们就无法在地球上发现和拍下那么多的绘画、石雕、雕像、诗歌和音乐作品。也许以后我们能够从地球上各种艺术个体的互动中，得出一个关于这颗星体本质的合理结论。在这些艺术个体中，我们看到的并不是如我们所观测的、只会思考世界的愚笨思想家。这颗星体被我们称为“地球”，是一颗非常有趣的行星。为此，我们认为绝对有必要继续研究我们所掌握的地球各个部分的数以万计的图片。几千年来，我们一直在观测地球，我们的仪器也随着时间的推移变得越来越完美。我们认为，在可预见的将来，观测地球所用望远镜的工作限制将会完全消除。我们请所有月球人无一例外地考虑一下本文所述内容，然后对当今的问题做出适当的判断。

现今，这两篇通告提供了非常多的话题，甚至使得一个原本只会发出磷光、身上没有一丝红晕的月球人，很快变得像一颗漆黑的彗星一样引人注目。

由于交通变得更加繁忙，月球人也再次开始造访那些在特定时间换气时会发出美妙声音的环形山。这些声音常常让人听得如痴如醉，就像巨大的管弦乐团在演奏悠扬的旋律，就像来自遥远的精神世界。

在这些音乐环形山附近，地球人的艺术常常为月球人津津乐道。许多月球人觉得，月球上一切美好事物的诞生都不需要月球人的帮助，这其实并不算月球生活的好处。而在地球上，不同的地球人则可以创造只属于他们的世界。

世界之友拉希贝夫不厌其烦地解释道，在月球望远镜里也会有无数个世界，它们会比那些一起思考的世界更好——对生物而言，一起思考是一种折磨，而不是享受——月球直径大小的巨型望远镜所能看到的世界比数百万地球人能想到的还要多。

“我们也不再需要地球人的艺术了。”

拉希贝夫反复强调这一点。他还称地球人的小型乐器永远无法比肩环形山音乐的宏伟气势。

诚然，环形山音乐会在多样性方面无可挑剔，因为环形山壁自然的多孔结构能演奏出所有想象得到的变化。想要超越自然的演奏是多余的，它们总能超越自我。

实际上，月球人只要竖起耳朵，就能听到地表上无处不在的最美妙的音乐。金龟子在没有太阳的时候也为音乐做出了贡献，可以说它们为音乐世界添上一抹诙谐的色彩。它们颤抖的声音令人发笑，好似它们知道一些关于遥远的星体故事。

有些环形山只有通过演奏非常复杂的交响乐才能不断激起听众新的、感动的情绪；而有些环形山则是通过演奏旋律就能完成。

拉希贝夫不厌其烦地指出月球音乐角角落落数不清的优点。在他看来，地球艺术只是一时快感。

拉希贝夫的热情对正在宣传的地球之友而言是一种困扰，但也同时让他们情绪更为激昂，获得了更大的能量。

一个宁静的夜晚，拉希贝夫在多孔环形山发表了一个很长的演讲之后，漂浮在苔藓地上空的夜色里。他骄傲地仰望着辽阔的天空。黑暗的背景中，无数的星辰闪烁着光芒。

在地平线的下方，拉希贝夫还看到地球像是一个巨大的深红色圆盘，然后他转过身，气得人都绿了。在发觉自己的变化之后，他又抖了抖身子。他胆怯地环顾四周，看到在他的下方有无数金龟子。因为这些金龟子的存在，月球表面看起来像裸眼看到的漫天星辰一样。因此，拉希贝夫突然相信自己正飘浮在漫天星辰之间，并且与它们非常接近。

这个世界之友像烧红的火球一样升了起来，想要离开大气层，然后又在顶端变成了绿色，因为他觉得自己不能再往上飞了。

“我们生命的完满，”他激动地说道，“只有当我们不想离开呼吸的空气时才存在。”

与此同时，在烟民窟里，巨大的扇形花朵朝着四面八方不断地生长又凋零。月球人在那里谈论着地球人的个体性。

克内帕拉的通告遭到了猛烈的抨击。

齐卡尔，这位平日里沉着冷静、具有学术精神、一般只醉心于化学仪器的人，发表了一篇很长的讲话，在结尾时他说道：“我们不要自欺欺人。聪明的地球人会每天在自己的性格中加入一些兽性的成分，但这不会让他们变得更好；月球人之间也存在着差异性，但他们不会通过在性格中以一种返祖的方式加入兽性而变得有趣。克内帕拉太紧张了，说话前言不搭后语。如果反对派不是总要一蹴而就的话就好了！”

三天后，齐卡尔在烟雾弥漫的浴池窟见到了满头大汗的拉希贝夫。人们在浴池窟可以像在烟民窟那儿一样研究云彩。

齐卡尔对拉希贝夫说：“我的朋友！事实上，月球表面既没有云，也没有雾，这是月球的一个缺陷。因此，我们必须继续热切地关注地球，因为那里有的是云雾。”

“哦吼！”拉希贝夫反驳道，“在这宏伟的汗蒸池里，我正发着红光四处飘浮，我看到了足够的云雾，足够多了。”

齐卡尔大笑着说：“所以在这方面你又是非常容易满足的。”

科学伟人摇了摇头，飘浮着离开了。他要回去看自己的化学仪器。

然而，拉希贝夫感觉到自己头上的感知触角在轻微地抽动，这表示马非卡苏想跟他说话了。有了感知触角，月球人之间能很轻易地建立电力联系。

拉希贝夫立刻飞了起来。在感知触角的引导下，他穿过了斑岩山，来到月球表面。在明媚的阳光下，这里就像是一个火花之国，闪光的苔藓地看上去就像是跳动的火焰。

马非卡苏漂浮在火焰上，大笑着，欢快地敲击着自己的气球肚子，向他的拉希贝夫走去，用他的大气泡猛烈地撞击自己朋友的气泡，然后气泡爆裂了。

拉希贝夫对这不同寻常的欢迎方式感到惊讶，但伟大的马非卡苏依旧笑着说：“今天，亲爱的拉希贝夫，你必须让我和你一起玩乐。和我一起升高到阳光明媚的空中，越高越好。在顶端，我会问你几个无伤大雅的问题，我希望你能如实回答。”

他们升到了阳光充足的空中，抬头仰望着苔绿色的天空，脚下是暗绿色的苔藓地和坐落于苔藓地之间的环形山。

他们两人也并没有飘得非常高。月球人是不被允许这样做的，因为会脱离空气层。

在顶端，伟大的马非卡苏一边敲击出旋律，一边询问自己伟大的信徒拉希贝夫："告诉我，在苔绿色天空之下，在苔绿色苔田之间的环形山，到底是什么？"

拉希贝夫笑着看着自己伟大的主人，伸开手臂说道："那下面的就是著名的黄铜环形山带，伟大罗索的大望远镜就装在里面。它们只能用来看地球，因为地球上有好玩的地球蚯蚓在爬来爬去，这在全宇宙都是绝无仅有的。"

"很好，我的孩子！"马非卡苏接话道，"现在，再告诉我那些熠熠发光的条纹代表了什么？它们像车轮的辐条一样从环形山向四面八方延伸出去。嗯？"

拉希只夫举起手臂，直指绿色的天空，迅速地转了几圈之后说："那是罗索摄影窟的彩色玻璃窗。玻璃窗下面是可笑的地球照片，它们在白天是那么亮，月球人可以方便地对其进行探讨或者观测。"

两人对视良久，头上的感知触角也颤抖着变成了红色。

两个月球人皱巴巴的脸也变红了，然后是他们的躯干，然后是他们的气球肚子，在绿色的天空中显得格外突兀。

然后马非卡苏说：“亲爱的拉希贝夫，这玻璃窗难道没有让你想到什么吗？”

“我想到了月球的另一面，”他回答道，“地球人从未见过，我们也没怎么见过。”

“那好吧。”马非卡苏说，“我认为，我们现在应该把宣传精力集中在月球另一面的玻璃石上。罗索的摄影需要更多的玻璃，所以他会倾向于投票支持再次尝试穿透月球的另一面。”

拉希贝夫笑了，马非卡苏也是。然后他们急切地按照自己的计划，飘到了下一座环形山里，以迅雷不及掩耳之势用松弛的身体飞了下去。他们穿过美食窟，进入月球内部的工厂窟。在那里，红、绿、蓝色的火焰在烟囱上方和墙壁上来回跳动，但没有产生任何烟雾。

在这里制造铁管的月球工人也立刻知道了他们的新计划。

工人中掀起了一场普遍性的运动。他们都是世界之友，都迫切地希望巨型望远镜能早日投入使用。巨大的工程给工人们带来了无穷的乐趣。

大家都很清楚，最高议会应该会批准前往月球玻璃面的远征探索，这对于世界之友党派来说已经是多重意义上的胜利。

但就在大家达成一致时，信使从四面八方飞来。他们身上散发着红色的光芒，并告诉大家，在通往月球另一面的边缘又开出了新的花朵。这些花朵从苔藓地里如闪电般瞬间升起，比烟民窟里的花朵快得多，然后又迅速凋谢，发出奇怪的呼啸声。

“这是月球本身在说话！”伟大的马非卡苏雷鸣般地喊道，“月球希望我们去远征。她在呼唤我们。我们必须跟随她！起身吧！世界之友！我们必须获胜！”

几个小时后，一股狂热的情感传遍了整个月球，覆盖了所有的环形山，也覆盖了所有的党派营地。

“这些闪电花朵来得正好！”

疯狂的追随者拉希贝夫喊道。

现在，出乎意料的是，世界之友党派竟不费吹灰之力，正以惊人的速度成长着、壮大着。

地球之友突然再也无法发声了。

就连死亡窟内的将死之人都已经听到了关于新的巨大闪电花朵的消息。宁静的梯地和深紫色墙壁边的平和氛围多次被打破。

月球人变成了明亮的红色，成群结队地飞往月亮的另一端，去赞叹边缘地带的伟大奇迹。

在边缘地带，到处都是五颜六色的巨大花朵。它们像闪电一样从苔藓地里抽出，又像电光石火一样瞬间缩回自己的身体里。

它们发出的呼啸声听起来像一阵遥远而急促的声音，仿佛来自伟大月球另一面的野灵正在说话。

这些花是不能抽的。

它们成长时会穿过月球人的身体，但他们不会有任何感觉，因为花朵一瞬间就穿过了。

如今，大队月球人马都在飘向新的闪电花，夜晚时分，那里看上去像有电火花雨正掠过布满环形山的月球原野。

闪电花朵的盛景，只有在黑夜中才能被观测到。克内帕拉对这一点不满意。

他说："马非卡苏的运气真是难以理解。可以肯定的是，对月球另一面的探险不会推迟了，因为月球人现在都这么激动。"

"这没什么好叹息的，"伟大的罗索打断了他的话，"因为我们会得到更多的玻璃。我必须承认，我们还将消耗大量的玻璃。现有的供给由于无尽的拍摄而逐渐耗尽。我们还需要有顶光的洞穴，用身体、墙壁或者金龟子的光线是看不清什么的，至少是不够的。"

"那么你会投票支持探险咯，"克内帕拉插话道，"是吗？"

"毫无疑问！"伟大的罗索叫道。

克内帕拉的脸色又变得有些发绿，他挺着胀鼓鼓的气球肚子，以最痛苦的姿态飘进了地球之友的大阅览室。

现在，大阅览室和最小的那些阅览室一样冷清。成群的地球之友也被闪电花朵牢牢地吸引了。

阅览室非常明亮，墙壁刷成了白色，下面没有地板。因此，读者和写作的人在很多地方都可以舒适地叠坐在一起。由柱子构成的陡峭梯地沿着墙壁一直向上铺陈。

月球内部的大多数洞窟都不允许人们坐在地板上，因为上面长满了黏糊糊的真菌。

在克内帕拉现在坐下的大阅览室里，一位检查员带来了两本新的大开本书，里面是前一天晚上拍摄的一些报纸版面，同样又是来自地球人。

检查员向克内帕拉展示了这些印刷品中一段相当奇怪的话，上面清楚地写着：

> 我们生活在地球上一个开化的世纪中。我们的科技日新月异，但我们的道德观还没有发展到下一个层次。人们仍然固守着无数的偏见。最大的偏见就是，我们不敢吃刚被杀死的健康人的肉。多么荒谬！在我们现在对野蛮民族发动的许多血腥战争中，有许多人尽管他们生前非常健康，却都被杀死了，被毫不犹豫地扔进了掘好的土坑里，只得在

那里腐烂。我们认为，这种丢弃健康肉类的做法是令人发指的。这对我们那些还囿于生活苦难的人民群众是不公平的。更实际的做法应是，将阵亡敌人的鲜肉立即送往胜利者的市场，并在那里适当地出售。我们深信，这样做可以赚很多钱。因为众所周知，人肉是最佳的营养品。甚至牡蛎肉在营养价值和味道方面都不如人肉。这种佳肴世上没有任何东西能与之媲美。出于“道德”的考虑，或者只是因为它在我们国家并不流行，而草率地拒绝它，这样的做法是十分愚蠢的！狗屁礼仪！嗯，我们完全没有理由继续遵循这样的礼仪。在精良武器的支持下，我们可以在一秒钟内击毙成千上万健康的野蛮人，把他们打成肉酱。如果我们不以这样做为耻，也不必以吃掉那些被杀死的人为耻。这就是无休战争生活的生存之道。即使在革命日益频繁的今天，我们也实在没有必要把那些被枪杀的人埋在地下。按照人类的正义感，那些反对者很可能会被当权者吃掉，这只会提高所有政府的威望。烤制或熏制的革命者在任何时候都会是一道非常特别的美味佳肴。因此，我们似乎有必要根据上述内容修订法律，以便一劳永逸地杜绝浪费健康肉类的现象。人属于人，而不是虫子。摒弃感情用事！它不适合我们这个开化的世纪。杀人者也可以吃人，有什么好尴尬的呢？如果在我们的立法者看来杀人无罪，那么吃人自然也无罪。我们知道如何恰当地使用强大的武器，让我们也学会恰当地使用牙齿吧。我们可以相信，厨师会把敌人的肉做得非常可口。现代美食无所不能。敌人的肉做成的佳肴，千金难求啊！许多富家子都已经蠢蠢欲动！别忘了，这可是笔大生意！我们不应让所有的肥肉都被虫子抢走。再说一遍：摒弃感情用事！它不会带来任何好处，只会削弱我们的军威。我们是时刻准备上战场、充满勇敢和光辉的欧洲民族，我们民族的所有辉煌，都要归功于其骁勇善战、时刻准备奔赴前线的军队的发展。

读完这份报纸后，克内帕拉注视了检查员良久。检查员也注视着克内帕拉。克内帕拉说：“这真的是拍下来的东西吗？这是真实存在的吗……”

他说不下去了，他完全变成了翠绿色，就像地球宁静夏夜里的萤火虫。

阅览室里的读者和写作的人都非常惊讶地看着伟大的克内帕拉再次变成了绿色，然后反感地摇了摇头。

检查员把印有报纸文章的大开本书交给大家传阅。

这里的月球人都是地球之友，他们都被地球人这段洋相百出的话吓了一跳。在此期间，克内帕拉又变回了往日银光闪闪的样子。

但在完全恢复之后，他把所有在阅览室里的月球人都叫到一起，让检查员大声、清晰地朗读了报纸上那段洋相百出的文字。

读完后，睿智的克内帕拉庄严而简短地说了以下几句话："先生们！这段话是为地球人辩护的，而不是用来反对地球人的。不用多说，你们就会知道，这篇文章是对一般战争制度的讽刺。地球人已经厌倦继续喂养数以百万计的乔装杀人犯。如果马非卡苏先生想要重提他近来刚提过的提议，那他就太不明智了。亲爱的马非卡苏将会悲惨地失败。五十年后，所谓的'常驻'战争军队在地球上将根本不复存在，克内帕拉就是这么说的。"

说着，他微笑着向上飘去，穿过洞的入口，来到了明媚的阳光下。

天空是墨绿色的，就像天鹅绒做的一样。

克内帕拉好似闪闪发光的银子，而太阳就好似闪闪发光的金子。

地球之友的领袖继续含笑前行，他越过了大阅览室附近的小环形山带。

然后，这位不畏艰险的领袖来到了高耸的新月状环形山，地球之友最长的望远镜就藏在这里。

新月状环形山只有一边是封住的。科学家齐卡尔正坐在山边缘的高处。

克内帕拉坐到了齐卡尔身边。他们俩一言不发地望了山口许久。望远镜的大镜片就像一只巨大的眼睛，在中央闪闪发光。

然后，克内帕拉说："你觉得闪电花朵怎么样？"这次他没有变红。齐卡尔长长的萝卜脸皱了起来，身上发出荧光，尖脑袋上的感知触角随风摇曳，然后他慢慢地说："马非卡苏很幸运。他想在下周召开一次特别会议，然后要求立即组建一支远征队前往月球另一面。这次远征会让事情出现转机。"

"我们必须，"克内帕拉冷静地回答，"阻止组建远征队。"

齐卡尔说："这将非常困难，因为罗索和他所有的朋友都站在马非卡苏那一边。我也是。"

"你是为什么？"克内帕拉问。

齐卡尔回答说："因为我很想知道，另一面的玻璃是不是更大的镜片。"

"如果是呢？"克内帕拉又问。

“如果是的话，”科学家平静地回答道，“我可以相信，另一面的中心有一个直径长达数英里的巨大镜片。”

克内帕拉又问：“如果真的有呢？”

“那么，”齐卡尔感叹道，“我将成为马非卡苏最好的朋友。因为这样一来，巨型望远镜的主要难题，也就是要达到月球直径的长度，就迎刃而解了。因为那样的话，我们就不再需要为大镜筒研磨主镜片了。”

克内帕拉又一次变成了翠绿色，他注意到了自己这一点。他让身体膨胀，迅速升上了绿色的天空。片刻之后，这个绿色的月球人就无影无踪了。

齐卡尔摇了摇头。与此同时，马非卡苏和自己的朋友拉希贝夫在边缘地带徘徊，这后面就是月球另一面的起点。

这两位世界之友四处热情地谈论着月球另一面宏伟的玻璃景观。

很快，所有的月球人都对这玻璃景观产生出了极大的向往，探险似乎势在必得。

在此期间，闪电花朵的形状越来越大。现在甚至在光天化日之下，它们也能长到翠绿的天空中。

月球人相信，这些花会说一种伟大的花语。

自然，世界之友将花语解释成对自己有利的东西。

他们说：“月球本身就希望我们能更深入地了解她的玻

璃景观，否则这些花朵也不会长得和玻璃那么相似。”

现在的花朵经常呈现出玻璃般透明的外观，这似乎佐证了世界之友的看法。闪电花朵巨大而僵硬的叶子常常像地球上巨大的蜻蜓一样，在空中翩翩飞舞。这些幽灵般的花朵只能存活几秒钟，但还是可以被拍下来。在照片上，首先映入眼帘的便是墙一般大小的叶子上华丽的色彩和赏心悦目的纹路。在白日里绿色天空的映衬下，花朵往往是雪白、不透明的。这些花朵总是在数英里高的地方绽放，有时顶部还会出现十分精美的黄色和蓝色带状图案，而花朵的下半部分已经消失。

只有在少数情况下，这些应光而生的花朵才会长得像云朵一样。花叶由非常多的像玻璃薄片一样的部分组成。

如果月球人没有在烟民窟里习惯了这样的花朵，他们定会兴奋不已。如今，只有当身体偶尔被花朵穿过而又没有察觉到身体有任何反应时，他们才会感到惊讶。

齐卡尔解释说，人们在此面对的是与电能有关的现象，但并不能等同于电能。这位科学家声称闪电花朵是纯粹的问题之花。

花朵在空中碎裂时发出的呼啸声非常壮观。在一个看不见地球的夜晚，这种现象的光强达到了顶峰。一个杂乱无章的彩色图案突然覆盖了整片天空，人们或许只能把它类比成在空中随意漂浮的彩色玻璃。然后，黄色的光线从中射出，接着在上空形成了许多五彩缤纷的肥皂泡，它们相互融合在了一起，绿色云朵中的闪电蜿蜒地通过这个图案。随后月球人们就听到了轻轻的叩牙声，就像咯咯作响的牙齿一样。

摄影设备在不断地紧张工作着。

当这些闪电花朵的色彩游戏突然停止或分散成较暗淡的光斑时，设备旁的月球人总是觉得这样的场景是一种享受。

当月球人稍微适应了这个闪电世界后，世界之友又继续加倍热切地谈论起玻璃景观，迫不及待地向周围人展示之前在月球另一面所收集的玻璃石。

“我们当然无法在那里生活，”齐卡尔说，“至少不能在地表生活。但这一点儿也不妨碍我们寻找能把我们带进最宏伟的玻璃窟的入口。在那里，我们从上方沐浴彩色的阳光，从下面接收空气。”

齐卡尔现在非常兴奋地赞成世界之友的观点。如果有人问他如何看待前往另一个世界的探险时，他会给出非常唠叨的回答。

“我们要造一辆有好几段的马达制动大车，”科学家说，“在里面配备充足的、最好的空气，再让一些月球人坐进去，然后就可以出发了。为了保证月球人的安全，我们会在车里备上长长的钢丝绳，并让月球人用手攥紧绳子末端。车子所有方向都会装有小而坚固的玻璃窗，还有轮子，这样偶尔翻车也不会滞留。在车里的月球人能通过电报，把他们看到和发现的情况告诉我们。一次性派出好几辆这样的制动车，或许也是切实可行的，这样的话，每辆车里的月球人不能超过两个，车内的空气就能用很久。关键的问题是，我们能否把有可能是管型或者桶型的车子做得密不透风，好在车里停留更长时间。不过，至少每辆车都可以配备一些空气软管，紧急情况下还可以携带鼻管。插一句，我很惊讶我们还没有做完这一切。这样我们至少可以前进几英里。”

伟大的齐卡尔在众多听众面前发表了这个演讲。此后，很快就再也没有人质疑这次探险是否会取得成功了。

然而这次，马非卡苏并没有离开齐卡尔。当齐卡尔说出他的假设、觉得另一面的中心有一块数英里大的玻璃镜片时，马非卡苏再也按捺不住心中的喜悦之情。关于另一面中心大镜片的假说像野火一样传到了四面八方。

齐卡尔现在被视为最早的世界之友之一。然而，拉希贝夫从另一个角度来理解这一问题。

他对齐卡尔和马非卡苏说：“如果说月球的另一面上有一块大型玻璃镜片的可能已被视为板上钉钉的事情，那么我想说的就完全不同了。我想问，我们怎么知道月球的另一面和这一面一样是一个半球呢？我们过去所说的月球中心，只是通过片面计算得出的结论。”

齐卡尔认真地听完，点了点头，脸上再次掠过无数的皱纹，身上也闪起了荧光。

拉希贝夫却急切地继续说道：“另一面有没有可能是一个几乎水平的平面？整个月球有没有可能只是半个球体？钟摆的实验还没有任何结果，死亡窟也仍然有可能非常接近自由空间，我们在下面找不到任何新的洞窟。”

所有听到这番话的人都沉默了很久，思考了很久。

科学工作者们不得不忍受许多尖锐的话语。幸运的是，他们已经习惯了。

无论如何，拉希贝夫的想法为远征队赢得了非常重要的声誉。探险变得刻不容缓。

因此，在下一次会议上，当百名议员再次坐在他们的紫水晶柱子上时，所有人都心知肚明，这一次胜利的天平将倒向马非卡苏。

当马非卡苏变成红色、想要提出自己那早已为人熟知的动议时，所有同意探险的人也都马上变成了红色。

马非卡苏数出了八十七位同意探险的朋友。他赢了。

齐卡尔接到了制造马达制动车的任务。一切都蓄势待发。

在工厂窟里，火花四溅，工作正紧锣密鼓地进行着。探险队所需的马达制动车、机器和电线的制造工作都在快速开展。

与此同时，对世界之友来说，再次观测长矛星云的伟大时刻也即将到来。上一次发生的事件将著名的长矛星云推到了幕后。

世界之友的望远镜如今被安置在正确的位置上，以观测那每二十年就会出现一次极其有趣的现象的著名星云。此时，世界之友突然想到一批已被拖延交付多次的新摄影设备。他们变得非常焦躁不安，派遣使者前往工厂窟。

但现在，那里正全力以赴地为探险做准备。而本应可以每秒拍摄上千张照片的摄影设备，都还未制造完成，被扔在了角落。人们很快就发现，在下一次观测长矛星云时，这些复杂的大型设备一个也用不上。

这一发现在世界之友的营地里引发了巨大的哀悼情绪。长矛星云的变化每二十年发生一次，其速度快如闪电。与之相比，闪电花朵只是蜗牛。星云的变化过程只有不到半分钟，眼睛是不够用的，其他的设备也都无法用于观测。

因此，用摄影记录长矛星云变化的计划再一次被取消了。

长矛星云颠覆了人们对时间的所有认知。它拥有数百万个超大太阳，还发展得如此迅速，这在之前是闻所未闻的。

这个问题甚至远远超出了最大胆的想象。

这一次，至少大家对星云的看法已经有所改观，至少有十七台望远镜可以进行观测。但这在一定程度上带来了不小的麻烦，因为大多数望远镜都深藏在陨石坑中。

观测时间一到，所有的世界之友都挤在观测室里。除了领袖们，只有少数幸运儿才能看到这一壮观的景象。对于其他人来说，甚至连通常的照片补偿都没有。

在那个决定性的夜晚，马非卡苏与拉希贝夫和其他十一位世界之友坐在花岗岩山脉七号环形山的观察室里，正对一面巨大的魔镜，全神贯注地盯着它。

在同一个房间里还有五面小镜子，也都叫魔镜。每面镜子前坐着十三个月球人，因为小房间容不下更多的人。

在场的所有人都屏息凝神，十分安静，连眼泪掉落的声音都能听到。

魔镜中的景象瞬息万变，月球人的眼睛只能看到零星的片段。

注意力前所未有地集中，所有获准观摩的月球人都为这短暂的时刻做了特别的准备。

领袖们通常认为，事先睡上很长时间是个好主意，月球人随时都可以这样做。睡眠是无梦的。

其他月球人认为，最好事先长时间呼吸美食窟中的淡淡空气，然后做个汗浴；有些人则在所谓的地壳空气的最上层长时间飞行，为疲惫的半分钟做准备。

然后，著名的半分钟到来了。

在马非卡苏和拉希贝夫所坐的魔镜前，长矛星云呈静止的球形云团。

但接下来发生的事情超出了所有人的预料，因为这次的景象与往常完全不同。

二十年前，云团在一瞬间变成了许多圆柱，而这些圆柱又立刻变成了一个立方体。这样的游戏又在火花形成的时候重复了一遍，然后云团被不规则的云层笼罩，最后又聚成原来的球形。

云团的变化在初期可能会有所出入，但在之后的阶段就会大同小异：柱子顶端有时会弯成钩子的形状，立方体有时会变成长矛形或椭圆体。但任何新奇的事物都没有偏离原来的轨迹，框架似乎总是定好了的。

现在则完全不同了！

细如发丝的闪电线条突然从球形云团中劈出。这些升起的混乱线条滞留在天空中，变得越来越粗。云团却消失了。

可以看到，这些线条逐渐变得像银河一样。

长矛星云离月球非常遥远。这种突然出现的巨大太阳群，对月球人来说是非常新奇的事情，令他们异常惊讶。

然而，一秒钟之后，所有的闪电线条都像柱子一样笔直地竖立了起来，星云整体看起来就像一个被尖刺布满的刺球。

刹那间，包含着无数火热太阳的柱子又忽地向四面八方射出，轰然倒塌，前后摇摆，上下浮动，最终逐渐排成一排，就像地球阅兵场上的士兵一样。

“长矛星云”这一名称正取自这种阅兵式一样的现象。这种现象早已为人所知，还有现在的这种外观也是，所有的柱子都收缩排列成一支长矛的形状。

在其他情况下，立方体或长矛形的星云会呈现乳白色的光芒，而这一次，一切都是金色的，而且可以清楚地看到，长矛也是由巨大太阳群组成的。

最外侧的圆柱从横亘长矛的左右两侧发射了出来，逐渐升高，在高处向外弯曲，开始绕圈旋转。圆柱的运动速度立刻变得非常快，快到能在长矛的左右两侧看到两圈金色的圆线。

月球人都兴奋地发光，他们急促的呼吸声清晰可辨。

眼前的画面像万花筒一样瞬息万变，现在它又变得像一个缺了轮胎却有一千根轮辐的车轮。

这个没有轮胎的金轮先是静止不动，然后又开始抖动。

然后，轮辐慢慢地从中间向四周脱落，中间留出一个圆形的空洞。空洞过了一会儿又像云团那样开始泛出乳白色。

下一瞬间，长矛星云看起来像是一个有许多彩色圆环的射击靶。

突然，只听咔嚓一声，整个星云变成了一支横亘的金色长矛，其中已经无法分辨出每个太阳的形状，原本的球形太阳似乎变成了一种结晶。

但是，月球人还没从这种景象中回过神来，规则的金色立方体就从长矛中喷射出来。一根长矛变成了许多立方体，它们缓慢地旋转，来回飘浮，但又不会撞到一起。

立方体变得雪白，射向整体的中心，把所有东西都断成了两截。

紧接着，原来的球形云团又出现了。

这一系列的奇观其实只持续了二十六秒。

十七台望远镜按照约定发出了信号，领袖们用喇叭进行广播讲话。

报告提交后马上被相互比对。

报告马上被公布给了所有没有被允许观看魔镜的月球人。

很快，所有月球人都知道了长矛星云中发生的事情。

马非卡苏在大殿中召开了全员集会。

伟大的马非卡苏像炸弹一样闪闪发光，他想尽快发表自己对最新事件的看法。

大约十万个月球人聚集在大殿内。大殿的拱形天花板十分光滑，月球人都站在四周墙壁的凸起上。不一会儿，圆厅内所有墙壁上都站满了月球人。

月球人们用身体散发出的荧光照亮了大厅，此时大厅的墙壁看上去就像由许多雪人堆叠而成的。

马非卡苏接过像长号一样的大喇叭筒。

这位伟大的世界之友将自己悬挂在天花板上一个摇摆的铁环中，躯干向下弯曲，通过喇叭筒向下方聚集的群众讲话。伟大的马非卡苏在天花板上的铁环中摇摆着，就像一个长号天使一样。他说："昨晚发生的事情是如此重大，我似乎有必要在此时此刻立刻指出我认为这里最重要的事情。"

所有参加集会的月球人都将双手呈贝壳的样子贴在耳朵上，好听得更清楚一些。

马非卡苏继续说："我们已经看到了几乎超出想象的宇宙状况。大名鼎鼎的长矛星云每二十年才活跃一次，然后在不足半分钟的时间里过着千变万化的生活，这对我们来说是如此新奇而又不安。如果我们试图去了解它，一定会害怕失去我们仅有的一点儿理智。但是，通过这个宇宙奇迹，我们似乎明白了一件事：我们看到，这颗星体通常以统一和整体的形象出现。然后这个整体会以惊人的速度突然分裂成数百万、数万亿甚至更多的部分。由此我们可以看出，这个星云有着不止两倍的生命，它可以突然拥有万亿倍的生命。它的子生命的数量或许根本不计其数。在它身上，我们看到了星体生命在最大维度上的高度复杂性。以前，我们认为部分生物与整体的关系已经足够复杂了，而现在我们清楚地看到，除此之外，还有许多其他更为复杂的因素，它们构成了更加棘手的谜题。一团巨大的物质能在须臾之间突然孕育出许多巨大的太阳系，而这些太阳系只存在了几秒钟。这也使我们对太阳系的价值和性质有了一个全新的认识。各个太阳系可能都是各类生命表现形式的附带产物，我们无法从光效中察觉到它们的存在。长矛星云也许可以为我们提供有关宇宙生命状况的最重要的信息，我们不仅要抗议新的摄影设备没有及时准备好，我们还要抗议没有更多、更大的望远镜可用。因此，我再次呼吁，请大家认真、诚挚地考虑未来长度将相当于月球直径的巨型望远镜。今晚，我们在魔镜中看到了难以理解的巨大奇观的微小影像。今后，每个人都一定会渴望能够马上看到更多——更多宏伟世界中宏大、动人、有压迫性和令人振奋的盛景，它们能充分调动我们的感官——如果我们有合适的放大镜的话！别忘了这一点，千年之后，我们可能会对大自然有更多的了解。”

马非卡苏把话筒放进铁环里，然后像一个巨大的红色球体一样缓缓飘落。大殿里的空气非常稀薄。

数十万听众从墙壁上散开，像雪花一样飘来飘去。

许多人用气球肚子相撞，发出沉闷的声音。他们还不断敲击自己紧绷的气球皮肤，奏出了一首鼓乐。这支和谐的乐曲渐渐成为一阵强而有力的声浪，其悠扬的旋律一次又一次地被噼里啪啦的急弦切割。

拉希贝夫飞到了马非卡苏的身边。四面八方的人都举起双手或飞舞手指，欢迎两人的到来。鼓乐声骤然变得低沉。

外面的齐卡尔说："马非卡苏的运气胜过理智！这是前所未有的成功。马非卡苏什么都没做，他只是兴奋地说着大话，却依然取得了胜利。克内帕拉可以拍拍屁股走人了。革命党胜利了。"

在接下来的几天里，马达制动车及其所有配件已经在工厂窟里完工的消息不胫而走。

探险之路再也没有什么阻碍了。

月球人把马达车像胜利之车一样运到了月面边缘。许多人都在帮忙。每辆车的绳索和杆子都有一万个人在扛。

浑圆发红的月球人挺着他们的大肚子，飘浮在月球的环形山上，飘浮在阳光灿烂的翠绿色天空中，看起来十分有趣。

很快，所有的月球人都聚集到了通往远方的边界处。就连克内帕拉也来了。

现在，准备车子、给机器加热、缠绕电线的工作开始了。

然后，是与那些将要前往未知的玻璃之地的月球人告别。

然后，车子开始试运行。

然后，是小修小补。

然后，真正的旅程开始了。

玻璃车窗在阳光下闪闪发光。大木桶车厢的四周都有轮子，所以就算跌倒也很舒服，哪儿都不会磕到。

马非卡苏和齐卡尔坐在一起，克内帕拉和他的检察官坐在一起，大个子罗索则独自坐在一个较小的桶里。

月球人伫立在一旁，激动地欣赏着这些木桶。木桶一边闪光，一边摇晃，却又以高速前进着。

他们兴奋得甚至没有注意到，那些五颜六色的闪电花最近只是偶尔出现，形状也变小了许多。

这五十辆车开走以后，人们再也没见到过闪电花朵。拉希贝夫首先察觉到了这一现象，并自然而然地将其视为给世界之友的一个积极信号。

现在，拉希贝夫开始积极鼓动世界之友。他特别想将从五十辆车上发来的电报为世界之友所用。克内帕拉现在不在，他必须充分利用克内帕拉缺席的时间。

当然，电报很快就来了。绑车的电线主要是用来发电报的。车夫有时也会充当传话员，但并不常见。

起初，电报上激动人心的都是关于奇妙玻璃石的描述。

伟大的地球和玻璃爱好者罗索在电报中写道：

> 这里到处都能看到各种奇妙的玻璃，真是令人难以置信。关于天际的色彩奇迹，我已无须多言，这里最宏伟的景观其实是辽阔的疆域和五彩缤纷的层次感。在五彩的天空下我们很难察觉到冰面的存在。在另一边，我们时常能在月球的表面看到冰面。虽然它们只会出现在黄铜环形山附近，而且非常小。而这里的一切都是那么宏伟：白色的原野上缀着数不清的黄色和黑色斑纹，蓝色条纹的紫色山峦呈直线状，色彩斑斓的条纹则呈美妙的弧线状！陡峭的山峰边缘常常悬吊着绿色的、熠熠生辉的玻璃珠，就像一簇簇开花的苔藓。月球人都错过了什么，怎么直到现在才派出探险队！这里的天空白天是灰色的，晚上是棕色的。星星和你们那里的一样。

拉希贝夫和朋友们当即充分利用这份电报。如果月球的另一半是如此壮观，人们却还犹豫是否应该进行月球中心钻探工作的话，那是天大的不公平啊！

与此同时，关于透明玻璃下宏伟洞窟群的电报从二十多个方向纷纷发来。

车夫们对洞窟群的描述非常混乱。

就这样，电报对世界之友来说是多多益善。

每个地球之友也因此在党派对阵中输了好几个来回。

齐卡尔发来电报说，他惊奇地发现，他所看到的玻璃块中，只有四分之一是不透明的。

其他车夫也证实了这一点。

齐卡尔认为，由此可见，即使在这些玻璃窟的最深处，白天也会十分明亮。一方面，即使是不透明的玻璃，也能让光线大量透过；另一方面，透明的玻璃则能使阳光的强度成倍增加。

看到伟大的齐卡尔的这番话后，拉希贝夫恍然大悟。

“如此，”这位在死亡窟里没有什么事情可做的路人喊道，“站在世界之友一边几乎太容易了。如果他们的事业取得了这样的进展，我们很快就很难再与之抗衡了。克内帕拉犯了一个很大的错误，他远离了拉希贝夫，使拉希贝夫的工作变得如此容易。”

随后发来的电报却一石激起千层浪。地球之友的许多领导人，原本从未低过头，现在却郑重宣布放弃他们的事业。

下面是来自十七号车的报告：

今天，我们观测到了一颗直径半英里的红宝石。它一角所发出的火焰光芒是太阳光的五十倍。我停下车，仔细观察这颗大红宝石的火焰光芒对周围产生的影响。由于月亮的移动，反射的图像每时每刻都不同。我将拍摄几个主要瞬间。

类似的电报从四面八方接踵而至。因此，那些在车离开后又回到望远镜前工作的月球人又离开了望远镜，成群结队地来到月面边缘，以便更快地阅读新电报，尽管这实际上近乎不可能，因为电报一刻不停地涌入，每座环形山的每个地方都能同时读到。

但是，急躁的人往往会做一些根本不必要的事情，尽管每个人都知道这是无用功，但他们依旧乐此不疲。

月球人激动的情绪越来越高涨，有些谨慎的月球人甚至都要说："孩子们！再这样下去，我担心我们的肚子很快就会被这激动的气氛撑破了！"

马非卡苏发来电报：

今天，我从望远镜中看到了移动的钻石冰川。我无法描述这一奇观，因为我的同伴没有给我片刻安宁。齐卡尔对此丝毫不感兴趣。我郑重指责齐卡尔的不合作行为。

这封电报引起了一些混乱，因为月球人根本不知道是什么原因让齐卡尔变得如此鲁莽。大家都在等待齐卡尔的解释。没过多久，解释就来了。

齐卡尔匆忙地发出了电报，上面甚至还有拼写错误：

发现大量湖状玻璃平面具有明显的镜片特征。我认为，很可能会在玻璃面的中央发现一个巨大的玻璃镜片，我们完全可以把它当作望远镜，在其原始状态下进行观测。我肉眼可见这面玻璃镜片越来越大，想要制造月球直径大小的望远镜的工人们肯定会为此发现感到高兴。

许多世界之友和一些地球之友都为这条电报而感到高兴。

大家都笑了，因为齐卡尔一点儿也没有为他的急切而道歉。

两位伟大的领袖和议员收到了几千封贺电。他们沉醉其中，以至于差点儿就在桶式驾驶室里掉头回去了。

但他们还没有回头。

独自驾驶的罗索也在想，是不是该回家了？

但他也没有这样做。因为木桶圆窗前更遥远的平原让他心驰神往。

他轻声感叹道：“哦，这片玻璃平原可以做成多少彩色玻璃窗啊！我们整个博物馆都能做成透光的了！诶，瞧——这是什么？”

罗索再次启动了窗刷。只要按下身旁的粗按钮，窗刷就会在外面灵活地上下摆动。

罗索再一次擦拭了自己的放大镜和长筒望远镜，然后用所有的仪器一个接一个地向远处望去。

在远处，他看到了巨大的方块山——蓝色、明亮、闪闪发光。但这些遥远的立方体一个比一个高，陡峭无比，桶车是肯定上不去的。

伟大的罗索马上发出了电报：

> 高耸的方块山无耻地**当**住了我的去路。据我观察，无论从左或是从右都无法绕过它们。我要行驶到最接近它们的地方，然后再折返。我请求月球**仁**能准备并练习一支新的腹鼓曲，使我们返回时得到应有的尊重。[①]

这座立方体山脉绵延了几百英里，其他十多辆车通通折返。

另外的二十辆车则遭遇了另一种不幸。它们行驶到了光滑如镜的玻璃平原上，车夫们觉得玻璃表面就像涂了油一样，车轮开始打滑，也无法再继续前行，队员们只能等待被

①译者注：原文中罗索的电报也有拼写错误。他将“übersperren”（阻挡）拼成了“uersperren”，将“Mondvölker”（月球人）拼成了“Monduölker”。这里用加粗的中文别字表示。

拉回来。多亏了车上的钢丝绳，一切都非常顺利。

但是，这二十辆车再次回到可以通行的路面上后，车夫们放弃了继续冒险向侧面前进的尝试。

就这样，三十辆桶车很快又回到了月球厚重的空气中。在那里，他们受到了非常热烈的欢迎。新的腹鼓曲听起来就像地球上的鸟鸣。

克内帕拉驾车冲进了一条深谷，希望能在下面找到一个通往月球内部的缺口，但事与愿违。

克内帕拉也得借助钢丝绳的力量把自己拉回来，而钢丝绳拉的速度又很慢，所以伟大的克内帕拉非常不幸地在这次冒险中收获最小，因为他的视野在深处被限制得太久了。

人们很快就发现，没有一辆车上的人能找到玻璃天花板的缺口，甚至在个别车驶过的环形山状的玻璃山上也没有发现任何开口。山的内部也都是玻璃，看上去就像个湖泊。

一个相当愚蠢的世界之友把车开到了玻璃湖上，也没有留下任何破裂的痕迹。

桶车的构造使与轮胎成直角的车轮可以轻松地缩回。因此，在向下行驶时，桶车偶尔可以像普通圆桶一样侧向滚下山坡。但在这样做时，钢丝绳必须快速转动。机械工程师或许明智地考虑到了这一情况：当桶车侧向滚动时，钢丝绳会在圆桶内自行转动。

在这种看似危险的下坠过程中，车内的人员会将腹部稍稍充气，然后将头伸进腹部的皮肤中，直到躯干都被厚厚的腹部皮肤包住，他们都变成一个个密不透风的橡胶球。在这样的防御姿态下，月球人免受任何撞击。

如今，远征队出发已经有足足半年了，只剩下十七辆车还在路上。

这时，马非卡苏和齐卡尔发来了一封电报，内容很简单：

> 延长钢丝绳。我们必须继续前进。剩下的车可以全部拉回去。

这封电报引起了所有人的好奇。还在路上的其他十六辆车收到了这个消息，当即折返。

现在，月球人的所有兴趣都只集中在马非卡苏和齐卡尔乘坐的那辆桶车上。

他们继续前进，让月球人等待了将近一千五百个小时。

然后电报来了！

齐卡尔发来电报：

> 已经走了这么远，终于可以讲讲我们的发现了。根据迄今为止的地表测量结果，以及车内罗盘显示的指针位置，我们必须宣布，我们比已知的月球表面的其他地方都更接近月球中心。由此可见，

不必再把月球想象成一个球体。月球的玻璃面中间有一座巨大的环形山，如果没有看错的话，我们就在这座巨大环形山的边缘。我们不可能穿过这个边缘，它的地形极为复杂。但毋庸置疑的是，我们月球背面的中央一定被一块巨大的玻璃镜片填满了。这块玻璃镜片有上千英里宽，和那些较小的环形山一样透明。我们已经仔细检查了其中的五个，现在我们所处的玻璃山环境异常恶劣，不允许我们进一步探索。但是，我们比平时更接近月球的中心。这足以证明，玻璃面的隆起没有月球另一面的半球那么大。背面的凹陷使得整个月球呈现出一种上凸下凹的帽状。我们的星球也有点儿像稍微收紧了些的月球人的肚皮。遗憾的是，我们无法再前进了。最好的交通工具也无济于事。陡峭的垂直岩壁上纯粹的玻璃成倍增加。地面变得愈发光滑，我们不禁发问，怎么可能已经走了这么远。这简直就是奇迹！

马非卡苏发来电报：

因此，现在建设巨型望远镜唯一要考虑的是月球直径比我们想象的要短。既然我们现在想要更仔细地了解月球背面，那么大规模的钻探工作就不能再推迟了。

当亲爱的拉希贝夫看到这些电报时，他喜极而泣。

> 钻探工作不能在玻璃面进行，那里没有空气。如果我们想在光滑的表面上架一辆桶车，然后从车的底部钻进玻璃，那就太复杂了，因为能装下钻孔机的桶车太大了，它很难再钻进玻璃底下。光滑的表面离有空气的地方还有一段距离。

齐卡尔和马非卡苏一起再次见到月球人之后，说了这番话。

那是一次重逢！

世界之友都高兴得浑身发抖、发亮。绿色的天空几乎被染成了红色，因为月球人成群结队地飞向了月面边缘，飞到了五十辆桶车中最后一辆返回的地方。从上到下、四面八方，大气层似乎被月球人填满了。

两位伟大的月球人坐在桶车窗边，眼前的场景让他们激动万分。出于安全考虑，窗户都用铁丝网包了起来，外面看不到里面坐着的人。

因此，两位伟大探险家的回归对所有月球人来说都是非常突然的。马非卡苏和齐卡尔现在成了所有人关注的焦点。

所有月球人像听取神启一般全神贯注地聆听他们说话，听了数日之久。

而克内帕拉和仍然效忠于他的地球之友则憎恨自己还有

听觉。

月球人忘却了他们平时在环形山望远镜的工作，只对新发现的帽状月球感兴趣，特别是对玻璃面中间的大型天然玻璃镜片感兴趣。

大大小小的议会窟里的会议接连不断，从未停止。在其中一次会议上，克内帕拉说了几句引人注目的话。

他说："我认为，我仍应尽自己所能地警告月球人不要轻举妄动。我们都知道，流星很少落在我们居住的月球一侧。但同时我们也知道，流星会成千上万地飞入地球的大气中。现在，地球受到一英里半宽的大气层的保护。如果地球表面的空气像我们居住的月球一样稀薄，地球人创造的一切早就被流星砸得粉碎了。"

"那岂不是非常令人扼腕！"一个月球人感叹道。

但克内帕拉继续说道："我们不应该对其他星球上发生的事情表示反感或赞同。我不明白一向对这个世界不闻不问的月球人，怎么会说出这样的话。"

"一定是他体内的一个地球人在说话！"后方传来了一句叫喊。

会场突然安静了。克内帕拉紧张地鼓着气球肚子。几个世界之友请求不要再打断发言者。

然后，克内帕拉小声而坚定地说："而月球的玻璃面根本没有空气，也没有土地来遮挡流星，所以巨型望远镜所使用的天然镜片肯定会被流星打得稀烂。”

此话一出，巨型望远镜的支持者们一时间语塞。

有人说，天然镜片的存在尚未得到证实。另一些人则认为，巨型望远镜也可以用人工镜片制造，而不必考虑天然镜片，因为玻璃的数量足够多。

但不满情绪依然存在，因为流星的危险在所有人看来都是不可否认的事实。

无论如何，这个克内帕拉都是一个不容轻视的对手。

但就在这时，伟大的齐卡尔再次发言，并在一份印刷品中表达了自己的观点。内容如下：

> 太阳系中呼啸而过的大多数流星的运动，基本上都与行星和卫星的运动同步。它们和我们一样绕着太阳运行——虽然轨迹更加复杂。这就导致所有流星都不会垂直地落在较大的行星和卫星上，而只会以非常倾斜的角度坠落。我们毫无疑义地认为位于玻璃面中间的自然镜片是相当低矮的，也许甚至离死亡窟并不太远。克内帕拉对此有什么评价呢？镜片受到高山的充分保护，四面环山，就像环形山那般。然而我们必须假设，这些包围着镜片的高山，耸立在镜片上方数英里处。没错，镜片也不

是不可能位于一个深达一百多英里的洞中。我们完全没有理由认为流星会对大镜片造成危害。所有的生物，恒星也一样，都会把它们的敏感器官好好保护起来。别忘了，我们的眼睛就受到了多么好的保护。我们的感知触角敏感到让我们能避开每一颗流星，而伟大的月球怎么会有能让任何愚蠢的流星砸碎的器官呢？这是无稽之谈了。

这番话说完，月球人长舒了一口气。

不久，月球人决定召开一次大型会议，以最终讨论伟大钻探工程的命运。

为了不让克内帕拉再有时间发表令人不安的言论，世界之友认为立即召开会议是个好主意。

这一招也确实奏效了。

然后，百名议员又坐在他们的紫水晶柱子上，思考着他们未来的生活。

在水晶的山壁上，月球人成群结队，翘首以盼。

由于议会窟里容不下所有的人，许多人在环形山的上方和边缘落脚下来，陨石坑的外侧也人满为患。

代表各族的月球人都一言不发地坐在那里，静得几乎听不到他们的呼吸声。

九十九位议员静静地、满怀期待地看着伟大的克内帕拉。

沉默良久，克内帕拉开口了：

“地球人对我们来说已经变得格外重要。我和我的朋友们一直疑惑：为何我们如此热衷于观察地球人，尽管我们知道他们是低等、可悲的生物。他们处于我们月球人很久以前就已经历过的、几乎快忘却的发展阶段——虽然我们肯定没有记性差的毛病。我因为没有被地球生物的生死触动而受到责备。现今，我请求不要把观众的客观性误认为是缺乏判断力的表现，也不要把它与麻木不仁相提并论。一个月球人不会指望另一个月球人会这样做。我承认，地球人的所有生活，他们吃动物的粗俗生活，让我感到厌恶，让每个世界之友感到厌恶。另一方面，我也相信，即使在这些低等生物中，也会有一些类别也许不会让我们感到那么讨厌。这些为数不多的地球人，促使我再次捍卫地球之友的事业。我知道，这场斗争对我来说并不容易，我也不再力争在这场斗争中取得胜利，我只想拯救还能被拯救的东西。最新的照片摄于地球的无云处，提供了更为清晰的影像。我们能读到他们的书籍。我在几页印刷品中找到了如下几行字：

只有打破我们文化的耻辱——军国主义，我们才能凑合地生活在地球上。但是，这只有在我们进行大规模的宣传煽动，使人们厌恶一切兵役后才有可能实现。这种煽动得通过一切手段使群众厌恶兵役，特别是通过无情的嘲讽。它必须达到使士兵被视为世间万恶之源的程度，必须让人们谈论士兵时，像如今谈论普通强盗、杀人犯那样愤慨。这才是好的态度。为了营造这种氛围，必须首先渗透所有的日报、整个学校系统和服装系统。必须打击和孤立那些在谈到军事和战争问题时不乏惋惜之情、偶尔还伴随着激进言辞的日报，支持那些日复一日呼吁反对战争、废弃军国主义的日报。如果能把一半的日报变成军国主义的坚定反对者，和平党的工作就会变得轻而易举。然而，另一方面，我们也不应忘记，学校能通过有规律地绕过、跳过所有战争和军国主义内容，取得非凡的成就。神职人员可以发号施令。艺术家们的任务是通过讽刺所有与制服相关的故事来提升人们着装品位，使每个人都认为，如果他穿得像自己亲爱的邻居一样，那就是没教养。这样，所有制服很快都会变得像一幅幅讽刺画，贻笑大方。一旦反对一切兵役的普遍情绪被有力地煽动起来，各级政府很快就会被迫达成一致，从而考虑到人民的意愿。不要忘记，一个人如果掌握了随机应变的嘲讽武器，他将能完成多少事情。

嘲讽的武器必须掌握在人民手中。嬉笑怒骂的人民

将是不可抗拒的。

“地球作者并没有就此打住。他还指导人民应该如何在日常生活中进行嘲讽斗争，并在个别段落揭示了嘲讽如何能轻易地占据上风。就从我所读到的内容来看，个别地球人非常关心如何能稍微改善地球生活中令人厌恶的状况。无论如何，他们都在下面努力变好，即使他们的智力水平暂时还不是很高。当然，从我们旁观者的角度来看，地球人是互相射杀还是互相拥抱，这无关紧要。但因为地球上有这么多人如此坚决地为战争做准备，意图在地球上掀起一场与在月球上建造巨型望远镜的钻探工程同样伟大的革命，所以我希望这两场革命能够产生某种联系。别忘了，下面的人是以多么令人钦佩的幽默感来应对这种骇人听闻的荒唐状况的。因此，我以地球之友的名义说：如果地球上的和平之友没有取得胜利，地球之友将准备参加所有的钻探工作。如果五十年后，地球上没有一个目前仍然承认普遍征兵制的国家废除普遍征兵制，那么月球上的钻探工作就可以立即开始。”

克内帕拉沉默了。

所有人都在思考他刚刚说的话。

停顿许久后，科学家齐卡尔说：“认识这些想用情绪和

所谓的幽默来对抗不幸的人，是一件非常有趣的事情。因为我们不了解不幸，我们也就不需要幽默。但不能否认，我对地球人的幽默很感兴趣，很想知道它能否为地球带来胜利，这就是我想投票支持克内帕拉提案的原因。”

马非卡苏慢悠悠地说道：“在我看来，将我们伟大的望远镜建造事业，与地球人的行为挂钩，是一种非常鲁莽的行为。地球人只有通过毁灭其他生物才能维系自己的生命，他们跟我们差得太远。我不明白，怎么能把地球上的小革命和月球上的大革命在思想层面上混为一谈呢？”

然后，许多议员都突然变成了红色。罗索急切地说：“但马非卡苏！你难道忘记了自己在不久之前曾提出过一个和克内帕拉的提案极其相似的提案吗？”

克内帕拉继续坚定地补充道：“难道你认为地球上的生物都会觉得死亡是一件非常不合理的事情吗？我觉得，只要星体不处于静息状态，它就无暇顾及身上是否有东西活着。我们难道就知道地球上的死亡意味着什么吗？我们只是看到了一些图片。我们真的不应再说地球是处在‘低等阶段’的星球了。也许地球在宇宙生命体中的地位比月球高得多，因为地球表面发生的事情丝毫不会影响到它的内核。一颗恒星是否也必须要求在其表面爬行的虫子完美地生存，这一点非常值得怀疑。关于星体的道德，我们一无所知，很有可能如果一个人的内在是完美的，它就不需要再在意外表是否完美。我们月球人也必须承认，我们无皱无毛的皮肤并不是完美的。如果人都像我们一样可以从皮肤的表面看到其内心，那么这就是一种不完美。因为这样的话，没有人能够隐藏自己的情绪。”

所有的月球人都笑了。

他们脸上的皱纹闪烁着，像胶状的猫眼石一样。蓝色的眼睛闪闪发光，头上的感知触角也在颤动。

然后马非卡苏低声说道：“如果五十年后，地球上仍有三个以上的国家承认所谓的普遍征兵制度，穿所谓的欧洲军服，这意味着他们没有废除这种普遍征兵制度，那么月球钻探工作就可以开始了。克内帕拉不想用这样的措辞来表达自己提案吗?”

议会窟又陷入了沉寂，可以听得到月球人的呼吸声。

聚集在水晶山壁上、环形山上方和边缘的人也都一言不发。

电报板随处可见，坐在紫水晶柱子上的议员发表的讲话能传递到任何地方，有设备能轻易地将电报板上的所有文字变成任何月球人都能用望远镜轻松看清的大字。透过电报板，能看到议员星星点点的肤色。

议会窟内的沉默持续了良久。

一百名议员的感知触角没有颤动，眼睛也没有左右乱瞟，只是盯着身前的深渊。他们正极速地思考着刚才所说的一切。

一个半小时后，克内帕拉轻声说："好!"

议员们都深深地松了一口气，环形山口上都产生了一阵小旋风。

然后罗索轻声说："我们该投票了。"

在接下来的五分钟里，所有一百名议员的脸都变成了红色。他们并不是一起变红的，而是一个个变红的。

一种难以形容的喜悦弥漫在巨大的议会窟中，细长的紫水晶柱子都在摇晃。

现在，月球长满青苔的一面又回归了宁静，月球人高声而激烈的讲话也归于沉寂。

闪电花朵无迹可寻。它们闪电般袭来，又闪电般消失。

五十辆桶车被运回了月球内部，保存在工厂窟的附近。人们本应改良这些车，但它们很快就被遗忘了。

热闹过后，该是放松的时候了。

许多月球人开始感到疲倦。膏药男和自己的助手们变得十分忙碌。死亡窟的紫色大厅变得越来越拥挤。在上方的环形山里，月球人正以最大的热情观察着地球。保存着地球照片的博物馆占用了其他的洞窟，日益壮大。

在扩建过程中，人们从月球的另一侧取走了许多玻璃。为此，地球之友在工厂窟里制造了一个巨大的机器。

膏药男诧异于这台机器能承担的巨大工作量。他曾对玻璃爱好者罗索说："地球之友仅仅为了不让古老的地球离开他们的视线，就花费了如此多的汗水和精力，这难道不令人吃惊吗？而另一方面，他们又害怕地阻挠巨型望远镜的制造工作，这难道不令人吃惊吗？真是说一套做一套啊。"

"亲爱的膏药男，"罗索答道，"你还没有完全理解这件事。地球之友根本没有阻挠这项伟大的工作。谁要是这么说，那就是不了解我们。想想看，我们花了多少心血才破译了地球上各个民族的语言！这可不是一项小任务，真的不是！而且还远远没有完成。是什么促使克内帕拉和我如此反对这架伟大的望远镜，绝对不是怠惰。我们只是不想在工作中受到打扰，因为我们的工作还有很多不足之处。毕竟，我们希望在这获得优势的五十年里，能够收集到足够多的材料，让我们能够稍稍喘口气。现今，地球之友比以往任何时候都更加努力。在我们看来，现在地球上每天都有可能发生奇迹。"

"嗯！"膏药男说，"在我看来，月球上也是一样，每天都会有奇迹发生。"

"你什么意思？"罗索问，"我以为这里已经发生了足够多的奇迹了。马非卡苏的成功、长矛星云、闪电花朵、钻石冰川，还有大红宝石，这不都是吗?”

“我相信，”膏药男神秘地低声说道，“更多的奇迹还在发生。如果你愿意和我一起去死亡窟，你就会有所体验。我已经保守这个秘密很久了，因为我觉得月球上的刺激已经够多了。”

“好吧。”罗索立即陪着膏药男一起走了。

在死亡窟里，他们在一个僻静阴暗的角落里找到了科学家齐卡尔，他就坐在纳杜克和克拉姆巴茨两位先生的旁边。

齐卡尔立刻说:“这种情况以前从未发生过。这两位已经在这里坐了两年多了，气球肚子左侧毫无新生迹象，却出现了其他的现象。再等等吧，变化很快又要开始了。”

话音刚落，纳杜克和克拉姆巴茨的身上同时出现了一道奇异的深蓝色光芒。两道深蓝色的光在身体里游荡，然后像信号弹一样蹿了出来，在空中像鬼火一样上下飞舞。突然，两道舞动的光芒喷溅了起来，蓝色的光粒好似细长的白蛇，在空中来回扭动，然后慢慢地向四面八方淌去，有时看起来像雪花在飞舞。

“那是什么?”结束后，罗索喊道。

“我们应该把这件事公之于众，”膏药男说，“我只是被自己的想法绊住了。这种光影现象已经出现了快上百次，两位先生对此一无所知。但每次光影出现后，我都会发现两人的身体发生了一些变化。这种现象已经持续了远远不止两年，很快就要三年了。但对其他人来说，花半年长出一个新的身体都算久的了。现在，让我们再仔细看看。”

膏药男从熟睡的纳杜克先生的肚子上取下了几片膏药。为了看得更清楚，他变得通红。

膏药男突然大笑起来。起初，齐卡尔和罗索并不知道这笑声意味着什么。

但他们很快就知道了。

他们飞到近处，仔细观察了这个垂死者的腹部。现在他们看到了，在纳杜克的气球肚子左侧，有两个非常小的脑袋紧挨着。

膏药男还在笑。

齐卡尔和罗索先生则惊恐地举起双手，张大了嘴巴。

“这意味着，”罗索平静下来后惊呼道，“现在出现了两个纳杜克。”

“就是这个意思！”膏药男认真地说，“现在我确切地知道了。现在我们可以把这个闻所未闻的奇迹告诉所有的月球人了。直到今天，我才对自己的事业有了十足的把握。我的手指不再那般灵敏了。我想自己很快也会感到疲倦的。”

“但克拉姆巴茨先生怎么样了？”齐卡尔问道。

膏药男也从克拉姆巴茨身上摘下了几片膏药，气球肚子下面也藏着两个小脑袋。

两个垂死之人被放回了最舒服的位置。看到奇迹的三个人迅速飞走了。

很快，所有的月球人都知道马上就会有两个纳杜克和两个克拉姆巴茨了。

这个消息让所有的月球人在一瞬间完全失去了理智。

顷刻间，骚动变得如此可怖，以致所有的领袖和议员都匆忙地在空中飞翔，不知该到哪儿去。

所有的月球人都面红耳赤，手足无措。

人们一个接一个地涌入环形山，好似山中燃起了熊熊大火。

他们飞进死亡窟，又飞回工厂窟，然后又飞了起来，没有丝毫头绪。

混乱不堪！

无言以对！

整件事情的奇异之处在于，所有的月球人都不知道他们是该为这个奇迹感到高兴，还是该将其视为不幸。

骚动持续了整整二十四个小时，从未间断。

后来，一百名议员齐聚议会窟，决定分享一下自己对这奇怪自然现象的看法。

所有人再次坐在了细长的紫水晶柱子上，群众再次旁听他们的发言。

但在这次非同寻常的会议上，所有议员的脸色都像烧红的铁一样。

没有一个人敢笑，因为如果这件事在未来……

齐卡尔说："难道我们应该接受，从现在起，我们将永远用两个头颅思考问题吗？难道我们不担心我们的人数会翻一番吗？"

伟大的罗索说："那我们最终是不是会要再找一个议会窟？在目前的情况下，是不是应该选出两百名议员？我无法想象，当我们所有人都分裂成两份时，这两个部分的想法是完全一致的。"

其他人对这些话置若罔闻，纷纷发言。

他们一个接一个地发言，都是一些长篇大论，也根本不管上一个发言的人说了什么。

所有人突然都有了这么多话要说，这对旁听的月球人来说似乎相当可怕，因为他们从未在一次会议上听到过这么多意见。

平时，会议总是非常简单，议员都会事先商定由谁代表其他人发言。

而现在，一百个人都发言了。

这倒是新鲜事。

纳杜克和克拉姆巴茨的名字在发言中出现了数万次。这两位先生一生中几乎从未想过要成名，现在却有了非常大的名声。但无论如何，鬼魂也收不到活人的声誉。

很快，所有议员都陷入了极大的困惑之中。

最后，克内帕拉的发言缓和了场内的气氛。“亲爱的朋友们，”他说，“我认为，目前所有的发言都是多余的。我们首先必须等待，看看双生是否会再次发生。我们现在并不能轻易假设自己以后注定要以两个脑袋和两个身体的方式生活下去。我认为，我们最好推迟会议，直到出现更多的双生现象为止。我们不要因为纳杜克和克拉姆巴茨先生就完全陷入恐慌，这段时间我们已经一同渡过许多对我们的生活影响深远的难关。虽然我承认，死亡窟里发生的事情乍一看的确会让人有些惊慌失措。”

话毕，议员们决定休会。

然而，会议并没有马上结束，因为还有很多月球人要发言。不然的话，这些人在之后的几个世纪里，都不会再有第二次或第三次发言机会了。

最后，议员们还是心事重重地离开了。要总是看到和听到一个同名同姓的兄弟在自己身边，这对任何一个月球人来说都不是一件愉快的事。尽管许多人认为，这种新的生命形式至少和长矛星云一样有趣。

这一点值得商榷，而且星云也有着比月球人更为充裕的时间。

月球人开始非常缓慢地平静了下来。

纳杜克和克拉姆巴茨两位先生最终以四个月球人的形式回到了地表。

双生月球人的出现让所有月球人又变成了红色。现在，每个月球人都想从这四个人身上了解点儿什么。

他们提出了许许多多问题。

纳杜克一号和纳杜克二号，以及克拉姆巴茨一号和克拉姆巴茨二号都有太多的问题要回答，以至于他们到最后一个问题都要答不上来了。他们四人一起在山崖处一个孤独的山洞里安顿了下来，并诚恳地请求那些好奇的人暂时远离，完全远离。这样一来，我们根本不会知道二号的想法是否与一号一样，甚至连他们自己也像其他人一样没有头绪。

就在此时，几乎所有的领袖们都在同一时间变得非常疲惫，然后被迫前往死亡窟，虽然他们其实并不想这样做。月球人再次陷入恐慌，因为现在的问题变成了他们今后是否会被双生领袖统治。这让事情变得棘手了起来。原本已经接受了这一切的人，现在又经受了一次剧烈冲击。

他们的平静荡然无存。

拉希贝夫也是感到疲惫的人之一，他是第一个身上出现蓝光的人。

当拉希贝夫今后也要靠两个脑袋、两个躯干和两个气球肚子过活时，月球人再也不知道自己的领袖到底在哪里了。

膏药男现在掌握了月球事务话语权，他起初还以为气球肚子能把人合二为一。不幸的是，事实并非如此。但对这种怪事的恐惧并没有怎么影响到月球人，他们已经被所有意想不到的事情弄得完全麻木了。

当马非卡苏和克内帕拉一切正常地重生时，民众心里的石头才落了地。

然后，齐卡尔也像自己飞进去时一样，从死亡窟中飞了出来。

之后再也没有发生令人担忧的情况。

没有更多的双生子了。

月球人害怕双生会危及月球人的理解力。但这种担忧渐渐褪去了，直到无迹可寻。

月球人很快就习惯了那三对双生人。

很快就适应奇迹生物，然后像对待其他奇迹一样，寻常地对待一切。这似乎是所有宇宙生物的通病。

一年后，当纳杜克一号与纳杜克二号表达了完全不同的意见时，没有一个月球人感到惊讶。当两个拉希贝夫经常说出同样的话时，也没有人再感到惊讶了。

克拉姆巴茨一号是个狂热的地球之友，而克拉姆巴茨二号只醉心于不同种类的玻璃，因此他通常都在伟大的罗索身侧。

十年后，月球人不会再想起那三对“多余的人”。

但没有人忘记那场豪赌。甚至世界之友也经常谈论地球人的军事情况，而不是广大的世界。这自然让世界之友的领导人感到非常不满，尤其是那两个拉希贝夫。他们对沉湎于地球芝麻大点儿的事颇有微词。

拉希贝夫们也完全有理由对地球上这些乔装的杀人犯不怀好意。他们使得天空的各个角落都出现了异象，每一位世界之友都因此忙得不可开交。摄影材料经常需要重新整理，还需从不同角度入手，与之前发现的现象联系起来。

最近，人们发现了一些完整的星团，而此前所有的星图都没有发现它们的踪迹。人们很快就得出结论，这些新星团属于流浪星团。

马非卡苏说：“这再一次证明了我们多么需要更大的望远镜。每天晚上，我们都会用非常多的望远镜观察广阔的天空，然后突然发现无数的星星成团存在着，之前都没有观测到它们，只是因为它们离我们稍微远了一点儿。流浪星团的存在一直被否认，而现在，流浪星团突然在五个地方同时出现了。”

在天空中相距甚远的五个地方同时发现了这样的流浪星团。齐卡尔说：“我们这儿的流浪星团跟太阳系里的流星一样。”

星团的移动速度快得令人惊叹。它们都沿着同样的螺旋曲线移动，一会儿变大，一会儿又变小。

新的星体看起来就像一块块有棱有角的玻璃块，颜色不断变换。由于距离实在过于遥远，月球人无法确定星团内部星体之间的关系。

此外，月球人注意到，先前普遍被认为是银河系的著名星云，在流浪星团接近它时会发生剧烈的坐标变化。

据计算，星云在躲避时，几秒钟就移动了数万亿星距，而流浪星团当然比它还要快得多。

月球人把一千兆英里称为星距。

齐卡尔说：“人们都认为宇宙中如此剧烈的变化会扰乱这支星体舞蹈。然而，星云的位置变化却丝毫没有影响其周围区域。宇宙的空间一定无穷无尽，否则我们也不会如此清晰地观察到这一现象。”

纳杜克二号说：“由此我得出结论，我们自己，连同我们的整个银河系，在太空中来回移动的速度非常快。我认为，我们也在一个流浪星团中。”

这句话一石激起千层浪，因为纳杜克一号完全不同意这种观点。很快，约有一百名学者就“月球是在一个流浪星团中还是静止星团中”这一重大问题展开了讨论。

这场讨论暂时没有任何结果。

与此同时，地球之友在地球表面发现了新情况。

身着一般雇佣兵服装、共同代表地球人的军队，突然换上了完全不同的服装。

事情是这样发生的：

多年来，艺术家们一直声称，士兵们的服装令艺术家们感到不满，因为任何统一的服装都会打破大自然的丰富性！因此，艺术家们要求——天哪——制作艺术军装并为其上色。在他们完成了这些艺术作品之后，军队管理部门又大量生产了新的制服。地球人对“制服”一词议论纷纷，但并未触及他们问题的核心。他们只是用精美的语言把问题讨论、包装了一下。

很快，士兵们的手臂和脖子上、头上、背上和胸前，尤其是腿上，都绣上了时髦的装饰性刺绣。

一向沉默寡言的克拉姆巴茨二号曾笑着说：“这些地球人一点儿都不因为自己有腿而感到羞耻。”

不过，装饰物不仅将制服变得新颖奇特，制服的颜色组合也更为丰富，特别是军官们的后背变得异常丰满。这品位像极了古老的彩绘玻璃，让月球上所有的玻璃爱好者都如痴如醉。

一家致力于保留原有制度的地球日报如此评价新制服，这段话是在朱砂山拍到的：

> 本报认为，最近很多东西都被推翻了。很不幸，这是由于我们总是希望一切都以新的形式出现，这也是为什么我们总要给需要保留的东西换上新装。有些东西不能穿着旧衣继续存在，因此必须换上新装。我们勇敢的祖国卫士也是如此。由于态度软化，我们对海陆军事实力的兴趣已经严重下降，而新制服的推出为这种兴趣注入了新的强心剂。士兵们将衷心感谢艺术家们用才能设计出的漂亮裙子和裤子。士兵们沉浸在喜悦中，自然而然就忘记了艺术家们最初是希望借反对旧军装以动摇我军的制度基础，但事与愿违。

克内帕拉说：“地球人的军队很有可能会消失。”

克拉姆巴茨一号认为：“不被理解的幽默自然不会有任何效果。”

这位地球之友痛苦地笑了笑，看了看自己精致的双手。

当月球人对一个令人不安的故事产生强烈厌恶时，他们就会这样做。

但时光飞逝。

地球军事在那场伟大的会议上变得至关重要。如今已经过了二十年。地球上再次出现了不同的景象。现在看来，似乎一切终将彻底改变。

克内帕拉庄重地说：

“奇迹会在地球上发生！我们尤其要多多拍摄日报！”

月球人照做了。

但是，美好的事情出现了。

众所周知，二十年前，地球上的和平之友就打算让日报站在他们这一边。那些得到和平之友丰厚报酬的报纸自然会尽一切可能传播和平思想，但其他不屑于此的报纸则会尽一切可能传播战争思想，他们知道如何用战争警示和日常谋杀故事来驯化读者。如果有人不在孩子十岁时就让他们接受军事训练，则会被视为叛国。为此，有许多国家教育机构免费提供军事训练。

军国主义通过大众刊物增强了自己的力量，却使得各地的地球人都倾向于发起伟大的革命。

于是，有些事情变得不一样了。等级强权被废除了，常备军却没有。

政府高薪资助的日报会确保人民对军队的兴趣不再减弱。和平党人的所有嘲弄和讥讽都毫无用处，士兵们只是嘲笑和平人士，并经常捏着他们的手亲切地说："你们为我们的幸福做出了最大的贡献。如果不是你们对当兵的事耿耿于怀，我们今天的生活可能还和二十年前那些擦靴子的可怜人一样糟糕。现在，我们过上了绅士般的日子！"

"很好！"罗索在明亮的博物馆窟中读到这句话时说，"我们一定会取得胜利的。正如克内帕拉所说，奇迹还是有可能发生的。我们不要泄气，地球人也不会泄气的。"

决定性的会议已经过去了三十年，地球之友都很难再对废除地球上的军国主义抱有希望。恰恰是一些地球人反对军国主义的斗争，使得军国主义变得更加强大。地球上最终形成了这样一种观点：恰恰是反对军人气质的人，才是最危险的。这种观点是正确的。因为一个人与之斗争的事业会反过来影响他的内心世界。与粗暴的斗争比任何斗争都更粗暴，与犯罪斗争的人会成为头号的罪犯，与疯狂的斗争甚至会把我们内心那一点点纯粹的理智也变成相当疯狂的事物。

穿制服的生物在地球上越来越普遍。一直观察——而不是蔑视——这些全副武装的地球人，确实让人感到由衷的厌烦。他们永远只想掐住对方的喉咙。

许多月球人已经开始后悔，伟大的望远镜把愚蠢的地球人看得太重要了。

克内帕拉说:“地球确实是一颗沉闷而惹人厌恶的星星。”

这一想法自然引起了轩然大波。

许多世界之友现在都对会议的决定仍然具有不可更改的效力而深感遗憾。

所有人都被极大的急躁情绪折磨着。世界之友渴望巨型望远镜，而地球之友不再对地球人令人厌恶的行为感到高兴，因为所有地球会变好的愿景看起来都是愚蠢的。

世界之友在天空中又有了许多新的发现。这一次又一次地增加了人们对巨型望远镜的渴望，几乎到了病态的程度。

在不远处的一个环形太阳上，人们发现了一些大型生物，它们在高温下和平地生活在一起，没有发生任何争斗。

齐卡尔说：“如果有人认为在很多星体上都能发现不和平的战争环境，那他就大错特错了。如果人总是把强有力的生命律动看作斗争和毁灭的伴随物，那这就是货真价实的妄念。我们在地球上观测到的情况，可能也存在于所知宇宙中的其他地方。但这些不幸之地就好像地球上的鼠疫，是奇怪的特殊情况，是简单的异常现象。”

克内帕拉说：“这就是我如此热衷于地球的原因。我想找出造成这种异常的、病态的状况的原因。这一定有什么解释，这背后一定有什么。”

马非卡苏红着说："我不认为自相残杀、互相残食的生物会有什么更高的目的。毫无疑问，宇宙中有许多生物，它们的生存不是有意为之。但这种迷雾般的存在背后会有什么道理，我对此根本不感兴趣。毕竟，我们看到在那里，死去的人不会再回来了。"

克内帕拉微笑着低声说道："也许我们在地球表面看到的，只是一种虚幻的生命，它是为了掩盖或者保护背后的另一种生命。也许地球人在睡梦中过着完全不同的生活，也许他们还不知道自己过着双重生活，也许当他们在做我们看到的事情时，他们的内心已经在进行着其他的事情。地球人的双重生活可能更为复杂，他们所谓的梦想生活可能只是他们另一种生活的一部分。月球人不需要睡眠，但地球人需要。地球人谈论了许多睡眠中的事情，他们称之为'梦'。我们月球人没有这样的概念。也许地球人在梦境中感受到了完美生活的宇宙波。我们不需要梦中的生活，因为我们的身体已经就是完美，这就是为什么我们不理解地球人更好生活的原因。他们可能还没有找到任何词语来形容它。"

马非卡苏停顿了许久，说："这让我想起之前我们在一片非常明亮的星云中观察到的一颗新彗星。有着玻璃身体的彗星会在瞬间孕育出数颗彗星，然后它们绕着彼此运行，随时都可以重新集合。我认为，像月球人这样简单的生物在宇宙中应该很少见。撇开我们与月亮的关系不谈，我们至少非常简单，不过双重生活。”

齐卡尔说：“别忘啦，我们还有两个拉希贝夫、两个纳杜克和两个克拉姆巴茨。我们应该听听这三个人，或者六个人，对马非卡苏所言做何评价。”

第二天早上，他们分别与两个拉希贝夫进行了交谈。

奇怪的是，他们俩都觉得另一个自己既在他们体内，又离他们的本性是那么遥远，把本我紧紧地封闭了起来。

两个纳杜克和两个克拉姆巴茨也是这么说的。

虽然与另一个自己的关系对他们来说非常神秘，但这六个人都觉得自己本质上很简单。有时，他们觉得另一个自己只是一种胸部的延伸。

就在离做出最终决定还有十年的时候，伟大的罗索带来了一个再次震惊所有月球人的发现。

罗索在一份拍摄到的地球官方文件上读到了这样一则消息：

> 地球上一个承认普遍征兵制已经有一百多年的国家，干脆地废除了这一制度。因为该国官员确信，在可预见的未来，他们不会受到敌对邻国的攻击。

为什么这个老牌军事国家认为自己在地球上的地位已经

如此稳固，这一点没有在官文上公布。但有一个国家确实废除了军国主义，这就足够了。

克内帕拉终于可以笑着说："奇迹无处不在，不只在远方。"

月球人无法迅速地从震惊中恢复过来。

克内帕拉笑了。

但和他一起笑的人并不多。

这实在是太令人吃惊了。人们怎么也想不到，一个地球上的国家竟然会放弃身着彩装的杀人犯。

而现在，它成真了。

世界之友都称赞马非卡苏的谨慎，他在四十年前曾要求，只有在三个国家都废除常备军后，巨型望远镜的反对者才能得逞。

但现在，距离伟大的决定时刻还有十年。

在那之前，还有两个国家可以推行他们和平的改革计划。而现在，大多数月球人都害怕这些计划。

因此，人们的焦虑越来越重。

就在巨型望远镜的支持者命悬一线时，天空中又出现了新的奇迹。

一颗只有在铅山望远镜中才能看到的、相当遥远的星体改变了形状，变成了一根小棍子。而且，这根小棍子越变越大，就好像这星体在平地起高楼，而人们到现在才发现它操控的按钮。

再次感叹，如果世界之友现在就有巨型望远镜该多好啊！

这些年来，地球之友也成为巨型望远镜的支持者。因为从长远来看，观察愚蠢的地球人实在没什么意思。

地球上的伟大革命可能会扼杀月球上的伟大革命，大家都发现了这一点。

因此，月球上的紧张气氛令人窒息。无数的月球人团团围住了所有的地球观测望远镜，因为每个人都想预知未来，想知道地球上的其他国家是否会放弃军事化。

这些年来，地球上的军国主义拥趸大大增加了，几乎增加了十倍。

因为许多之前没有常备军的国家，也引入了常备军。

现在，新的军事国家对月球来说已经不足为道了。

但是，这些新的军事国家将一些旧的军事国家远远地甩在了身后。如果有一天，部分落后的军事国家放弃了所有军备，没有人会对此感到惊讶。因为只有与邻国不和，才会触及他们的底线。

这让月球人民感到痛苦和愤怒。

月球上不乏这样的传言，说整个对赌事件是无底线的鲁莽行为。当然，也有怨言直指大腹便便的议员们。

怨恨与日俱增。

克内帕拉听到了许多愤怒的话语。

马非卡苏也不得不忍气吞声。

经常会看到又一个月球人变成了绿色。

虽然每个月球人都为变绿色感到羞耻，并竭尽全力与各种烦躁情绪做斗争，但不可否认的是，身上的绿色已不再那么令人恐惧，摸起来也不像以前那么难受了。

月球空气中弥漫着躁动不安的革命气息，天空中则不断出现新的征兆和奇迹。

一个巨大的透明圆盘从第六区的黄色星云中脱离出来，变得愈发浑圆，呈现出深红色。

这个圆盘不断扩大，优哉地飘浮在空中。

深红色圆盘后面有许多蓝色的星星。它们零星地散落在一片红色之中，剧烈地颤动着。红色圆盘前面的星星则一动不动，呈现自然的金色。

红、蓝、金三色的色彩游戏在望远镜里看起来赏心悦目，尽管它在夜晚用肉眼根本无法观测到。

红色圆盘后面的棒状星星看起来十分奇妙，像是一条笔直的蓝色线条，把圆盘切成了两半。

想象一下，一个巨大的深红色圆盘上点缀着蓝色和金色的星星。一条蓝线与之相交，延伸至左右两端后又变成了金线。

第一批月球科学家们从未见过与这种圆盘类似的结构，甚至无法对这种星体的性质和目的提出假设。他们缺乏有力的支持。如果有一个更大的望远镜的话，它一定能助科学家们做出解释。

月球人的情绪变得相当低落。但留给他们思考不幸的时间已经所剩无几。

在铅山，人们又有了一个极其有趣的发现。一天晚上，人们观测到两片小星云正以极快的速度相互靠近，看上去非常可怕。

两片星云骤然停在一起，从中蒸腾出紫色的云雾。与此同时，周围的星星也变成了鲜红色。

云层中喷射出巨大的花朵，让人想起之前的闪电花朵。无数条血管在花朵中蜿蜒，长出粗壮的头部和类似手的肢体。一处的手与另一处的纠缠在一起，好似在搏斗。

云层下方不断飞出子弹般的星星，从一片星云射入另一片。

这一奇观持续了三年。在此期间，鲜红色星星的四周逐渐变成了不同的形状。

起初，月球人将宏伟的宇宙奇观解释为一场战斗。但齐卡尔正确地指出，用敌对的观念来理解星体的联系和发展是非常片面的。如果有人认为宇宙中的生物都像地球上的蠕虫一样在厌恶和喜爱之间徘徊，那他对宇宙多样性的了解实在是太肤浅了。

这两片相撞的星云在肉眼看来有普通星体的七倍大，与它们相关的摄影数量正大幅增加。

在此过程中，地球几乎被人遗忘了。

世界奇迹出现的第四年，两片星云中突然迸发出火焰。火焰的形状看起来就像是巨型的彩色聚光灯。

接着，两片星云越变越小。最终，月球人发现，这些聚光灯是由无数的小星体组成的。它们以气体的形式飞向太空，逐渐消失在宇宙的背景之中。

然后，星云消失了，聚光灯也逐渐消失。

在此期间，又过了三年。因此，距离伟大的决定时刻还有四年时间。

起初，许多月球人甚至都已经忘了决定时刻应该决定什么。所有人都沉浸于宇宙奇观之中。当没有新的奇观出现时，他们已经忘了先前所讨论的地月关系。

现今，地球正以一种令人不快的方式凸显存在感，第二个地球国家已经废除了它的常备军。

这第二个国家是作数的。

这消息就像是冰冷的宇宙空气突然吹入了月球古老的环

形山之中。

对宇宙的沉醉一下子消失了。

月球人觉得一切仿佛都结束了，愤怒的情绪在激情澎湃的演讲中喷涌而出："我们不应该考虑克内帕拉和马非卡苏！不应该让月球的发展受制于可笑的地球人的发展！"

现在，无数月球人都在用这样或类似的语气说话。

个别月球人向议员和领袖们建议，将议会窟中的决定作废。

议员和领袖们竭尽全力地安抚被激怒的群众，解释说，他们必须拭目以待，一切仍未结束。

世界之友想要开展伟大的钻探工作，不再做任何考虑，甚至不再需要地球之友的帮助。

一场全新的、意想不到的革命似乎即将到来。

但随后，领袖们和议员果断地站了出来，宣布如果有人质疑会议决定的神圣性，他们将不参与所有工作。

这的确起到了作用。

群众很快就意识到，若是没有领袖和议员，单靠他们自己是无法建造出新望远镜的，更不用说建造出月球直径那么大的望远镜了。

"在月球上不能靠武力！"两个拉希贝夫喊道。

克内帕拉没有露面。

齐卡尔在议会窟里宣布："月球上将要发生的伟大革命，永远不会是一场由群众领导的革命。地球人可能会时不时地梦想着这样的革命，但这种群龙无首的方式并不适合我们。我们不需要针锋相对。让我们拭目以待，看看地球上是否会有第三个国家放弃武器。"

然后，月球人开始静观其变。但气氛逐渐让领袖和科学家们感到不适。

幸运的是，天空中出现了新的奇迹。

铅山的望远镜又是第一个发现新奇迹的。

天空中的星星都焕发出了新的光彩，就连地球似乎也呈现出不同的光芒。整个世界仿佛都蒙上了一层精巧的珍珠白纱。肉眼无法观察到这个现象，因为它实在是过于微妙。但它确实存在。渐渐地，有二十七架望远镜观测到了它。

齐卡尔对这一神秘现象做出了解释。

他笑着说："我们正和我们的星团一起穿越世界的另一个区域。那里的星体比我们粗犷的太阳系更为精细。作为外来者，我们可能会给现在所处的闪烁气状星体带来一些麻烦，也有可能精细的星体会排斥我们这些粗犷的人。还有可能我们根本太粗犷了，精细星体根本不会察觉到我们。让我们拭目以待，看看这个世界是否会从白色的闪光中显现出来，还是它会变回我们一直以来看到的样子。让我们一起静观其变，反正我们已经习惯了等待。但无论如何，一旦造出了巨型望远镜，我觉得我们马上就会发觉，一年中我们会在不知不觉中经过至少六个这般精细的星体。在拥有更灵敏的仪器之前，我们的感知能力十分有限。不幸的是，这些仪器必须比我们以前的仪器更大。”

这个现象在距做出决定还有一年的时候消失了。

然后，所有人的兴趣又转向了地球人的军事状况。

月球人为自己如此关注一件鸡毛蒜皮的小事而感到由衷的高兴，但这件事也让他们感到真实的不安。

旧条例规定，如果会议事务通过比赛解决，就无法再对此提出异议了。

没有任何一个领袖或议员曾想过要推翻这些明日黄花，也没有什么能违背他们的意愿，因为他们独裁专断。

因此，一切都取决于地球上是否会有第三个国家脱下他们斑斓的战甲。

做出决定的日子慢慢临近了。

地下的死亡窟内空无一人，因为先前那些等待重生的人，已经及时来过了洞窟，只为了能见证地上伟大的抉择时刻。

如今，人们又发现了两颗巨大的流星，而且还是用观测地球的望远镜发现的。

这是两颗气体流星，在月球和地球之间盘旋，像双星一样相互环绕，直到它们突然坍缩，向四面八方散射出紫色和朱红色的盛大火花雨。许多火花飞向了地球，几乎同样多的火花飞向了月球。它们中的大多数消散在了太空中，没有留下任何的痕迹。

这一有趣的小插曲逗乐了月球上兴奋的观测者们，因为用他们包里随身携带的小望远镜也能看到这一景象。

最后一晚，当月球因为地球的遮挡陷入黑暗时，苔藓地上簌簌作响的金龟子比平时更加明亮。

月球人包围了地球之友观察地球的环形山。最后一张照片的内容被不断地传递出去。

所有月球人的手都在颤抖。

现在，伟大革命的命运终于要尘埃落定了。

突然，月球人吓了一跳——地球上第三个国家废除常备军的消息不胫而走。

马非卡苏抽搐地用手抓空气，然后像一枚信号弹一样飞了起来。

齐卡尔又哭又笑，低下了头。

两个拉希贝夫的脸都变形了，人也变成了绿色。

无尽的愤怒在世界之友间蔓延开来，他们顷刻间都变成了绿色，在空中麻木地飞着，膨胀的肚皮相互撞击。

隆隆的鼓声驶过了整片土地。

金龟子也都飞了起来，在绿色月球人的头顶绕圈，嗡嗡作响。

议员们不知如何是好。

领袖们愤怒地喊道："安静！安静！"

但无济于事。

这时，伟大的克内帕拉从铅山方向飘了过来，他是红色的，像一团火球。

当克内帕拉看到这么多绿色的月球人时吓坏了。

绿色的人们以为克内帕拉想展示自己的胜利。

绿色的人们愤怒地咆哮着，身上闪出绿色的电火花。

但克内帕拉此时正盘旋在铅山上方高声呼喊："世界之友胜利了！我向自己的对手们宣布，对地球的观察已经结束。听我说！我输了，听啊！"

然后，绿色的人们惊愕地面面相觑，但那红色的人继续说道："第三个国家不作数，这个国家五十年前就不存在了。我打心眼儿里高兴，地球之友输了这个赌局。伟大的革命万岁！巨型望远镜万岁！快乐起来吧！变红吧！"

然后，整片大地都颤抖了一下。

话音刚落，欢声如雷。

转眼间，绿色的人们都变红了。都变红了。

这是何等的盛景啊！

首先，铅山周围形成了一个红圈。

铅山位于月球有人居住一侧的中间。然后，这个由月球人组成的红色圆环向四面八方蔓延，越来越宽，就像是一阵阵波浪，就像一块石头掉进了可以变红的水里，掉进了绿色的水里，因为之前月球人都还是绿色的。

片刻之后，整个半球都变成了红色，像一片火海。

欢呼声直冲云霄。

现在，金龟子在红色的人头上嗡嗡作响，就像它们在绿色的人头上嗡嗡作响一样，只是已经没有绿色的人了。

金龟子就像是红色火海中的金粉，熠熠生辉。幸福变成了狂欢。

现在，所有月球人都飞向了铅山，看起来就像一个个蘑菇形的红色动物，正缓缓张开自己褶皱的身体，变成一颗颗厚厚的球。

越来越多的月球人从各座环形山飞来，这个散发着红色光芒的球体随之开始旋转。

这颗红球绕着铅山，缓慢而庄严地转了七圈。

克内帕拉高高地飘浮在铅山上空，虽然现在根本看不见山。马非卡苏、齐卡尔和两个拉希贝夫站在中间。

每个人都在大喊大叫，吵吵嚷嚷。

之后恢复了平静。

然后，他们互相击打气球腹部。敲击声就像一声连绵不断的雷鸣，震耳欲聋。

这响亮的雷声充斥了整片天空，持续了七个小时。

之后又恢复了平静。

之后，红团散去了。月球人像巨大火焰的小火花一般向四周喷射。一些飞上了星星，另一些则飞入了环形山。

喜悦之情溢于言表。

欢愉唤醒了一切，一切都开始运转起来。

如今，月球上的伟大革命瞬间变得轰轰烈烈。百名议员决定将月球上所有的权力给予工厂窟的领袖。

各工厂窟的领袖下令，立即停止在各个环形山望远镜、博物馆和图书馆的一切活动。

之后，浩大的钻探工程开始了。

许多机器都固定在死亡窟附近，必须用苔藓纤维制成的消音墙把它们围起来。上次的狂欢让许多月球人感到疲倦，但这种情况仍在预料之中。

浩大的钻探工程占据了月球人一百年里所有的时间。

虽然只是机器在工作，但制造、运输和操作机器，还有辅助设备和计算都占用了许多人的双手和脑袋。

最终，还是迎来了光明。

月球人来到了一个巨大的玻璃窟，阳光透过五颜六色的发光壁龛和墙壁照射进来，就像笛山所奏的宁神催眠曲。

又过了一百年，人们又发现了许多其他的玻璃窟。

月球人的惊叹和赞美永无止境，因为每一个石窟都展现了一个新的、复杂的色彩奇迹。

越往前走，洞窟就越明亮、越光彩夺目，空气也更好。

持续的工作让月球人变得麻木，以至于当革命过去三百年后，他们对所有远方的事件都充耳不闻。

就连千变万化的玻璃窟中五彩斑斓的光线、光泽、火焰和色彩变幻，也无法再在月球人的心中激起波澜。

工厂窟的领袖们仍一以贯之地追求着他们的目标。

四百年后，当疲惫的工人们终于看到了齐卡尔口中所说的巨大的自然镜片时，月球内部只发出了一声长长的叹息。

一半的工人悲哀地飘向死亡窟，希望能重获新生。

齐卡尔是对的，他们在月球玻璃面的中心发现了直径长达几英里的巨大天然镜片。

但接下来还有更多的发现。

不久，人们在月球表面的其他洞窟中发现了同样适合制作巨型望远镜的巨大玻璃镜片。

于是，一百名议员决定，把这些小天然镜片也用于望远镜制作。在此期间，一百名议员中也不乏有人会感到疲惫，领袖们此时就会顶上。

中央是大镜片的石窟内部是由巨大红宝石组成的，喷发出可怖的熊熊烈火。因此白天时，月球人无法在此久留。

总而言之，地表上的所有洞窟都有着大量的钻石和宝石，它们的颜色和形态都新奇无比，让人流连忘返。

幸运而又奇怪的是，虽然玻璃窟中有许多钻石，玻璃镜片上却没有任何钻石。镜片都清澈如水，也没有被流星砸坏。

天然的玻璃柱、宏伟的壁龛，还有长廊、玻璃沟壑和宝石，时而闪烁，时而明亮，时而灼烧。它们不断地提供了新的形状和色彩的组合形式，令疲惫的月球人如沐春风。新的石窟就像是一阵天然花朵的清香。

之后，组装望远镜也提上了日程。中间安装一台巨型望远镜，周围安装十二台小型望远镜。但小型望远镜的尺寸也都相当大，它们与巨型望远镜的关系就像撑开后的伞骨和伞柄一样。

大部分的工作都落在了对中间镜片的打磨上。在此过程中，许多月球人都学会了用嘴叹气。

起初，十三根管子每根都通向钻探工程的起点，以前月球人认为这个起点就是月球的中心。中间的巨型望远镜从这点出发，笔直通向月球面向地球的一侧，一直通到了铅山，通到了月球有人住的半面的中心。

只要想象一下一把撑开的雨伞，结构就会很完整。还要记住，伞布对应的是月球玻璃面。

巨型望远镜安装时要满足让人在望远镜不同的位置进行观测和拍照的条件。从铅山到死亡窟，月球人共设立了七十二个管道站，配备了最复杂的仪器。

工厂窟还正在制造用于观测光谱和热光谱的全新仪器。

敲敲打打的声音一年比一年响。

敲击声时常悦耳动听，但这种情况并不多见。

从铅山到巨型望远镜有一千多公里。

巨大的工作量逐渐对可怜的月球人的情绪产生了非常奇特的影响。他们完全不习惯于这种不间断的手工劳作，手掌上长出了许多角。

过去，人们经常在环形山上有规律地观测天空和地球。而现在，这些环形山已经静静地矗立在那里几个世纪了。

没有人再有时间重访那些蕴藏着无数回忆的老房间。

天空和大地都可能发生最伟大的奇迹，月球人对此却一无所知。

当然，月球人把修复好的老旧仪器小心翼翼地包装了起来，避免受到任何损坏。

就连博物馆和图书馆也都已经安置妥当，没有损坏的危险。

但月球人的领袖们就没有对他们有那么好的照顾了。

工厂窟的领袖无情地使用着他们的权力，月球人不被允许从事除了工厂事业的其他工作。

很快，月球人就这样不停地工作了整整一千年。

他们不知道时间是如何流逝的。

后来，一些议员觉得——尤其是克内帕拉——这项伟大的工作必须中断了。

他在会议上说："最可怕的监狱都不会像这种持续不断的机械活动那样具有毁灭性的影响。一千年前，我就预见并担心巨大的工程会带来这般可怕的后果，但你们置若罔闻。"

克内帕拉建议休息十年。

然后，紫水晶柱上的人们再次进行了表决。

不同往常，这次议会窟里没有听众。

克内帕拉又一次被否决了。工厂窟的领袖坚信，一切都会在三个世纪后准备就绪。人们必须坚持。

个别工人每年可以免去五百个小时的工作，这是克内帕拉唯一争取到的。

克内帕拉说："你们太残忍了！"他要求自己立即停工五百个小时。

当然，克内帕拉的要求得到了批准。工厂窟的领袖举起双手向他保证，他们是在按照自己的知识和良知行事。减少工时会使得整个大工厂面临最大的风险。

在那之后，议员们再次尝试沉溺于未来会被赠予的宏伟世界观中。

齐卡尔说："沉溺于未来已经支撑了我们一千年，并且还将帮助我们度过接下来的三个世纪。"

议会山的议员们带着这样的期待匆匆飞走了，重新开始了分配给他们的工作。

克内帕拉则坐在锡山边缘的高处，凝视着那饱满、炽热的地球星体。它将柔和的光芒洒满了月球上的苔藓地。

"这些地球人！"他在思绪中对着夜风轻轻地说，"谁会在一千年前想到这些！现今，没有人关心地球人。我们不知道他们在做什么，他们可能已经灭绝了，他们可能直至今日还在互相射杀，他们也可能在吃掉对方，然后平和地活着——另一种生活。谁知道呢？我们正在追逐一个更伟大的目标。再过三个世纪，我们就能再次了解地球人的生活。也许他们也经历了一场伟大的革命。也许三个世纪之后，我们将再也无法断言地球人是否经历了一场伟大的革命。也许，伟大革命的后果早已消逝。可悲的是，我对这一切一无所知。"

金龟子在克内帕拉的头上嗡嗡作响。

美妙的音乐从锡山中响起，仿佛是一首来自远方的曲调，既不悲伤，也不欢快。

星星在闪烁。

大地在发光。

月球上的伟大革命过去了一千三百年，所有的月球人都坐在新的巨型望远镜前，近距离地看到了大千世界。

月球人的所见所闻让他们如痴如醉，以致完全失去了理智，开始胡言乱语。

这简直是天方夜谭。

这不仅仅是伟大。

它在所有描述之上。

它超乎想象。

没有人想象过世界会如此巨大。

直到现在，月球人才睁开眼睛。

他们的眼睛湿润了。他们开始哭泣，大声哭泣，为极乐而泣。

此时此刻，他们不再为十三个世纪以来孜孜不倦地工作却对世界一无所知而感到遗憾。

现在，他们能观察到更大的世界了。现在，他们可以像以前一样，甚至以不同的方式重新生活。

伟大的马非卡苏在他的两个拉希贝夫的簇拥下发表了长

篇演讲，其中他说道：

如果只从铅山观测地球，那么月球就只是地球的望远镜。而现在，月球是一只眼睛。我两千年前就说过，这就是它一直想成为的样子。如果现在地球和月球共同组成了一个星体，月球就是这双生星的视觉器官，而地球只是一个气球肚子。也许地球发展缓慢的原因就在于此。好了，我尊敬的世界之友，正如我所说的那样——或者不如——对我们来说都无关紧要。但有一件事我们今天不应忘记：今天，我们用月亮的自然镜片观察了世界，我们必须意识到，我们与我们的星体，用同样的器官观察了世界。因此，我们与我们的星体合而为一。而正是因为我们和亲爱的月球完全合而为一了，才感到十分幸福。这是我们不应忘记的。

巨型望远镜上一片寂静。马非卡苏在月球中心说的话被来回播放，从巨型望远镜一直到由小一些的自然镜片制成的十二个小型望远镜。

月球人突然明白，他们和他们的星体构成了一个整体。

月球人不再鼓起气球肚子。他们通过长时间的静默表达了自己庄重的心情。

现在，死亡窟又变得空荡荡的，因为每个人都想见证奇迹开始的时候。

新设备在所有地点同时投入使用。

这是一个伟大的时刻。

月球人感到现在他们比以前强大多了。他们走得如此之远，甚至他们觉得自己好像已经走得太远了。

这样的想法让他们挺起胸膛，让他们明亮的蓝眼睛闪闪发光。他们的身体又变得像发光的煤炭一样红了。

月球人通过新设备看到的东西令人为之倾倒，甚至红色的世界观测者一开始都忘了呼吸。

在定位最近的星星上，无数的生物在蠕动、爬行。有的身体细如发丝，有的身体宽达数英里。还有一些生物可以让自己隐形，还有能变大变小的，还有牢牢地吸附在星体上的，以至每个虫脑袋都把星星当成了自己的腹部。

而现在看到的这些星体本身又是什么样子的呢？它们看上去飘浮在离月亮很近的地方。

在星云中，出现了大量从未想象过的新星。

无数的东西都在等待一个解释。

起初，面对如此多的新现象，没有人知道该如何应对。

这一下子真的太多了。

现在，在克内帕拉的要求下，旧的环形山小型望远镜也复工了。一千三百多年来，它们几乎没有受到什么影响。

古老的博物馆和图书馆也重新开放了。不过，由于包装不当，一些照片已经完全褪色，有些纸也没能完好地保存下来。

但损失并不大。

克内帕拉怀着极大的好奇心，将一排望远镜对准了地球。他太想知道地球人变成了什么样子。

很快，月球人就知道，地球人只保留了极少数的士兵。他们不再是为了大战而保留，只是为了抵御疯子。而地球上的疯子并不在少数。

“这非常奇怪，”一个克拉姆巴莰说，“地球上竟然存活着这么多生物。虽然它们缺乏理智，实际上只会产生破坏作用。”

克内帕拉说：“地球是一颗非常不寻常的星星。它也许只是为了向世人证明，伟大的世界中也会有最愚蠢的事情。因此地球上的生物很快就会死亡！从这个角度来看，地球人早期的战争是情有可原的。人们不明白，为什么如此不完美的生物要以如此变态的方式对待自己的生命。如果月球人无法在俯瞰地球生活时共情，地球生活相较月球生活而言就显得十分可笑。因此，我们有权把地球这颗星星归为喜剧星星。这可能解释了我对地球如此浓厚的兴趣。我可能只是无意识地爱上了它的喜剧性。如果地球缺少了可笑的一面，那它就缺少了很多东西!”

对地球的进一步观察印证了智者克内帕拉的这些话具有非常特殊的意义。事实证明，地球人的社会生活发展得非常奇怪。

早先，地球上的人们总是谈论战争和军国主义，而现在，所有的注意力都集中在培养最优秀的社交礼仪上，并创造了各种繁复的仪式，以至于地球人整个少年时期都只用来学习各种礼仪规则。成熟一些后，他们学到的礼仪规则才会派上用场。而那些到了晚年还没有正确理解历史的人，则会在军队的掩护下被送到所谓的培训学校。

月球人很快就认为，地球人现在至少应该像一千三百年前一样受到怜悯。

克内帕拉说：“如果这些仪式都不能证明地球属于喜剧星球，那我无言以对。这颗星体虽然不讨人喜欢，却有很多可爱之处，几乎惹人怜爱。”

月球人听到关于地球的新消息，都由衷地笑了。

过去，地球人带着凶器靠近彼此；而现在，他们则用大量的礼仪来防止彼此靠得太近。地球上目前的状态和情况实际上等同于一种永久的战争状态，虽然现在每个地球人都小心翼翼，不敢轻举妄动。

罗索大部分时间都待在彩色玻璃窟里，他评论道：“地球人只是想给其他星球的居民一些笑料。我们应该感谢地球人，因为他们想让其他星球的居民开心起来。如果我们不能时不时地观察一下地球人，那就太可惜了。想做此事的人，无论什么情况下都不应该被阻止。”

偶尔想观察地球的人并没有被阻止，但他们的数量并不多。

膏药男曾说：“在我看来，地球上的生物属于地球，这种说法站不住脚。地球上最早的生物可能来自流星，有一个地球人说过类似的话。如果真是这样，那地表所有的植物和动物都会显得格格不入了。地球根本不在乎这些异物，它只是容忍，因为它知道这些异物无法穿过它的表皮。”

这话让克内帕拉和齐卡尔异常高兴，但月球人没有时间去思考这些问题。

现在，月球人可以通过装有天然大玻璃镜片的新型太空望远镜观测宇宙。这占据了他们所有的好奇心。

直到现在，人们才意识到宇宙兴衰的多样性，意识到星体之间的多样性。

他们不仅观察到了由精密物质组成的生物，与它们相比，空气就像是一个金属块，而且还观察到了由冰和火组成的生物。

几颗星体共存是很自然的事。

总的来说，只有在极少数情况下，生命是简单的。在时间的长河中，几乎所有的生命体都呈现出非常复杂的形态。

人需要拥有绝佳的洞察力，才能揭示个别现象的一部分原因。新的观测设备助益良多。

但仍有许多东西无法理解。

与此同时，一系列新的仪器也被发明出来，用它们可以测量与热或电无关的新能量。

总之，如此多的新事物呈现在人们眼前，让人应接不暇。

很明显，在遥远的太空中不再有引力，也不存在冷热之差。

巨大星体的形状让人惊叹不已。

还有星体的数量！很明显，整个月球表面都写不下这个数字。

附近的太阳尤其令人惊叹。没有人想象过在太阳的光辉下会有如此多样的生命蠕动着、爬行着。

新博物馆里的世界照片越来越多。

现在，月球人感受到了一种全新的生命欲望。过了很久，大家才感到疲惫，死亡窟里起初都空无一人。后来，月球人知道了星体之间是如何交流的，懂得了不同的星语。

然后，这一切都剧烈地戛然而止。

有星体出现了，它们可以用巨大的语言器官发出巨大的声音，这种声音的强度可以用全新的仪器来测量！

它们仿佛潜入了大千世界的生命深处。

一些星体经常像彗星一样，带着奇怪的肢体在最近的星体上呼啸而过。这都是观察得到的。这些星体由非常特殊的物质组成，只有用特殊的仪器才能观察并记录下来。

每个月球人都觉得自己好像被这些多样性淹没了，好像被无边无际的充实生活所吞没。

有时，就连领袖们也觉得这一切似乎太多了。

到处都是蠕动和爬行。

新现象越来越多。

越来越多，越来越多……让人目不暇接，让人惊叹不已，让人百思不解。

月球人瞪大了眼睛——整只眼睛——凝视着世界生活。

大月亮也是如此。

马非卡苏喊道："这永远不会停止，因此我们在这个伟大世界里的喜悦是无坚不摧的。"

月球人是幸福的。

他们的星体，伟大的月亮，绕着那颗叫作地球的古怪星体转了一圈又一圈。有趣的星体终其一生，在每一个千年里都不会疲倦。

月球人有时也会感到疲惫，但当他们感到疲惫时，他们就会飘到死亡窟去见膏药男。他们总会带着新的生命力从那里再次出来。

而伟大的世界依然生机勃勃，永不停息。

伟大的世界也似乎永不疲倦，一次次地展现新的伟大奇迹。

月球人就生活在这生生不息的世界里，仿佛这就是他们的生活。

野猎

——八个其他故事组成的发展小说

诸神！

黑仆们把油倒进了许多机器里，像黑蝶螈一样，成群结队地在机器上爬上爬下。机器的旁边，所有的油桶垒在一起，就像一座座造型别致的山峰，高耸入云。

黑仆们小心翼翼地把最后一桶油倒入牢固的齿轮中，然后长舒了一口气——干完了一件辛苦的活。

他们小声嘀咕着：“现在，精灵一定马上来了。”

其他的人却说：“蠕虫一定马上来了。”

黑仆等待着将要离开母星的精灵们。他们住在球形星星的表面或里面，被称为“虫灵”。

现在，那些将要离开母星的虫灵们正等待着。

黑仆们愤愤不平地喊道：“虫子！”

机器上反射出不眠之夜的微光。

光秃秃的机器矗立在半圆形石面的直边上。石面呈黑色，十分光滑，像一片没有雪的冰海。

光滑的半圆形石面巨大无比，浅灰色的云朵花环围绕着它弯曲的边缘。云朵长得像独具一格的巨型浅灰色玫瑰，聚成了一座巨大的高山。

天空白得跟牛奶一般。

云朵倒映在光滑的黑色石面上，也倒映在油桶之间的机器上。机器正面朝外，覆盖了整个半圆形的直径。

在直径的前方，轻柔的薄雾徐徐移动，遮挡了所有视线。

虽然机器数量庞大，但它们只占据了半圆的直径。如果将这一排机器与完全空旷的半圆形石面相比，这些机器就会变得像儿童玩具一样小，尽管实际上它们非常大。

在黑石板的直径上有几辆看起来非常荒诞的铁车；有巨大的炮筒，筒身看上去比一个世纪还要长；有比炮筒长一千倍的火车，车头的烟囱就像教堂的塔楼；有宽翼的细长雪橇，两翼如云朵一般蓬起来；有数百英里高的高跷机；有比天高的轮盘机，轮辐上挂着篮子；有带翅膀的大轮；有固定在高耸铁柱上、链在一起的篮子，两端装有火箭装置；有装着大炮的飞艇。大炮可以发射出一端被拴住的球，带着飞艇迅速移动的同时球也不会脱落。

这里令人应接不暇！

这是一个巨大的机器王国。

所有机器都是为马上要开始的伟大赛跑而造的。

现在，黑色的平台上出现了许多圆孔。数以万亿计的精灵从圆孔中阴森、缓慢而僵硬地现身。

精灵穿着珍珠灰色的披风，脑袋白得像百合一样。他们站起来的时候就像是雕塑。

圆孔又关上了。

精灵轻飘飘地浮在光滑的黑色石面上，缓缓地向机器靠近。

黑仆们为精灵让路。

黑仆们长着许多蛇尾，还有许多像蝾螈头一样的大脑袋，头上的黑发总是像扫帚和硬刷子一样高高地竖着。他们的躯干就像一个黑色的麻袋，里面有半透明的红色方块在碰撞。

“油都加好了！”仆人们一边顺从地鞠躬，一边说道。

精灵们一边检查着加油情况，一边欣赏着自己的机器。他们在光滑的黑色石面下度过了无数个不眠之夜才发明了这些机器，又在蝾螈脑袋仆人的帮助下，把机器建到了石面上。

现在，精灵们互相道别，纷纷爬上自己的火车和机器，因为很快就要出发了。

“再见面时我们就是神了！”他们用多种语言笑着喊道。

仆人们问道："只有前一百万人才能成为神，这是真的吗?"

"当然，"头像百合一样白的灰色精灵答道，"否则整个赛跑都是多余的。我们这里有数万亿人。只有最先到达终点的那一百万人才能成为神。"

仆人们继续问道："那么在你们前进的过程中，你们可以无所不用其极吗？你们真的可以在前进时为了名次而厮杀吗?"

"是的，我们已经做出了书面承诺！"精灵们齐声回答，"甚至一切卑鄙和背信弃义的行为都是被允许的。"

喧闹声愈演愈烈，变成了波涛的怒号。亿万的精灵用难以言喻的语言互相交谈着，同时也向黑仆们友好地告别。同样，这里也有亿万个黑仆。

黑仆相互耳语着："蠕虫们如此胜券在握，真是令人艳羡。如果蠕虫能抢先通过星体通道，它就会变成星星——星球。成为星球，也就成为神。那时候，就会多出一百万个神。作为神继续生活下去，一定十分美好。"

仆人们虽然是真正的精灵，但他们并不想成为神，只是在一旁笑着。想要成为神的虫灵是演化得非常高等的精灵，他们已有悠久的历史。在星球上和内部多重的生活，已经近在眼前了。

此前，在半圆平台直径边缘的前方，灰玫瑰色的云雾遮挡了所有的视线。现在，它们都散去了，飘到了一边。

一条星体通道清晰可见。

通道很宽。通道右侧的星球像一串珍珠无尽地延伸至远方，左边也是相同的一条星体珍珠带，两侧的星带看起来在远处交汇成了一个点。

“这条通道当然不可能是无限的！”在机器和火车里的精灵说。

星带之间有许多铁轨，通道中间却没有；中间只有光滑如镜的黑色石面，就像比赛起点平台上的那样。平台上的云朵十分壮丽，灰色的大玫瑰开得更艳了。

但星球比玫瑰还要高出一大截。只是星球离得太远，让人不会如此明显地察觉到它的大小。

星体通道也是诸神之道。因为正如之前所述，每一个星球都是一位神。

穿过这条星体通道的虫灵也会变成神，成为独立的星球。

但也正如之前所述，只有前一百万个虫灵才能赢得神的奖赏。这场盛大的比赛马上就要开始了。

天空像牛奶一样洁白。星球则是灰色的，就像虫灵们一样。

然后是一声震天的巨响！

所有的机器在同一时刻倾巢而出！

欢呼声响彻云霄。

“再见面时我们就是神了！”

虫灵也向长着蝾螈头的仆人们喊出了这句话作为告别。

长着蝾螈头的仆人们现在静立在油桶之间，站立在直径平台上。

机器都飞速前进，已经驶出了很远，只有那台大炮和几根高大的铁柱还留在后面。

咔嗒咔嗒声响成一片，听起来就像万亿条鞭子正抽得啪啪作响。

精灵们也都在发出噪声，听起来就像万亿只狗在挨打。

精灵大军像一阵从星体通道呼啸而过的狂风。铁轨摇晃着、颤抖着，一切都嘎嘎作响，仿佛整个地狱都要被撕裂。

每台机器都喷出滚滚浓雾。

星球发出可怕的巨响，是出发的信号。与此同时，星球顶端的火山爆发。

现在，每颗星球的上方都有一个小的白色云环，像一顶白色珍珠皇冠。

在通道中央，黑色石面光滑如镜，油光锃亮。带翼的雪橇像箭一样飞驰着，每扇动一下翅膀，都会引来一阵欢呼。

在最靠近中心的轨道上，滚动着大炮球。大炮像房子一样高，许多透明的外壳在大炮外面绕着彼此旋转，形成了一个非常复杂的球面。这样，虽然外壳在剧烈地滚动，精灵们却能安静地坐在大炮上观察外面。

火车头和长长的车厢构成了可怖的景象。

在通道的左侧，有一大段凹凸不平的地面。高跷机昂首阔步地走在带翼巨轮旁边，乘客们坐在向旁边延展出去的轮轴上，更高的轮盘机也在那里跌跌撞撞地前行，所有精灵都在轮轴上的篮子里。

上方，大炮飞艇成群结队呼啸而过，伴着隆隆巨响。它们一次次地发射出拴着的球，借力向前飞行，看着让人心惊肉跳。

火箭穿梭在飞艇之间，末端都安装了不断做着大幅度抛物线运动的巨型链条。前端的链条刚插在凹凸不平的铁轨上，后端的链条已经像被甩出去的绳子一样在空中划出了一个巨大的弧形。火箭有完备的防御设计，以避免与崎岖的轨道相撞。

火车头拖着长长的车厢在赛道的左右飞驰。它们经常向星球发射鱼叉。鱼叉是通过可点燃的电动装置发射的，当鱼叉卡在球星上时，拉动鱼叉，火车就能向前迈出一大步。

赛场里人声鼎沸，像春天风暴中的大海。

带翼雪橇和链条火箭遥遥领先。

然后，精灵们开始疯狂地咒骂，因为现在谁都想乘坐最快的交通工具。

许多精灵离开了原本的位置，只为能尽快登上一辆带翼雪橇。

虽说精灵们大多都能飘浮，但他们肩上扛着整个星体的重量，所以没能像之前那样快速前行，不然的话他们应该早就换好交通工具了。

在换位期间发生了一场激烈的战斗，就像生命中所有的艰难时刻都伴随着荒唐一样。

一只名叫克尼波的精灵，从带翼雪橇上被扔了下来。他怒不可遏。

“我到底在什么畜生堆里！”他愤怒地喊道，“你们想成为神吗？你们应该变成猪!”

克尼波以一只精灵能练就的最敏捷的身手跳到了其中和房子一般高的球上。球沿着特殊的轨道向前翻滚，光滑的球不断滚动，球上的人只能敏捷地跳来跳去。克尼波抓住了从某架飞艇上垂下来的一条绳子，试图把自己拉上去，但绳子的顶端被一把大剪刀绞断了。

克尼波一边把绳子搓成一团，一边愤怒地喊道：“真是狡猾！上飞船出发时一切都还顺利，而现在这些家伙的行为就像凶残的掠食者。多么‘美丽’的精灵啊！他们想成为神！暴徒、无赖们！”

与此同时，链条火箭超越了所有带翼雪橇。然后又是一阵吵闹，尤其是在带翼轮子上的乘客，他们本来正享受着舒适的视野。

克尼波还试图把自己荡到众人争夺的高跷机上，但他和许多其他精灵一样，被用长杆赶走了。

高跷机似乎不费吹灰之力就能前进，让人想起行走的骆驼，只是大多数的高跷机都不止四条腿。

那些想要占领跑得更快的机器的精灵们，几乎都被挤了回去，最后只能成群结队地坐在长列车的顶上，以一种尴尬的姿势紧紧地抓住车顶。

克尼波也跳上了一节车厢顶。不幸的是，发动机的浓烟让他吃了不少苦头。但他看到右边有一列长火车，发动机不停地把鱼叉射向厚厚的星球表面。

大多数精灵在发现自己被别人从前面挤到后面的时候都没有抱怨，克尼波却狠狠抱怨了一番，因为他坐在雪橇上的时候，压根就没想换到更好的位置。

“我很不满！”他喊道，“难道他们觉得我无权成为一颗星体吗？我甚至想成为双子星！没错，就是这样！我想作为双子神活下去。”

车厢顶上其他的精灵尽管处境艰难，但听到“双子神”一词还是忍不住笑出声来。

克尼波却愤怒地喊道：“我记得很清楚，我对带翼雪橇的发明贡献最大。”

此后，精灵们的注意力从克尼波身上移开了。在邻近轨道上以同样速度行驶的一列火车上，精灵们就透明感展开了一场激烈的争论。

一个年轻鬼魂的声音从铁轨发出的隆隆声中飘了出来，他因自己荒诞的想法变成了过街老鼠。他叫道：“你们尽可以喊出自己的目的。不论何时，我都心知肚明，球形星体和蠕虫的感觉是不一样的。星灵和虫灵是两个完全不同的主体。星灵只有纯粹透明的感知，和虫灵感官的知觉大不相同。星体的感知器官不仅比虫灵多得多，而且与虫灵的有质的区别。这就是为什么我们想要变成星星，这样我们便能摆脱旧的感知世界。作为虫子，我们只能用旧的眼睛看到前方，而无法看到它的背后。然而，作为一颗星球，我们的每种感知都与其他各类感知同时存在。就像现在作为彩色透明玻璃里面的虫子，我们不仅能感受到自身的存在，还应感受到背后的存在。如果我们之后成为一颗星球，就能在所有印象背后都有类似体会，感知的透明将成为永恒。我们将会拥有和星体一样的感知器官，大大延伸感知的范围，就像穿过打破的墙壁，穿过几十面透明的墙壁。星球的感知方式多种多样，我们却还没有。透明的墙壁还只能激发一种感觉。”

不幸的是，风暴恐怖的咆哮声，伴随着尖锐的铁轨摩擦声，淹没了整场辩论。

耀眼的光芒从高处洒入赛场。

太阳高挂在珍珠般的云顶之上，灿烂的阳光照耀着成神通道的方向。

然而，就在太阳散发出灿烂光芒的时候，比赛中的精灵们突然发现了无数根绚丽多彩、闪闪发光的蛛丝，几乎无穷无尽，将精灵和星球连接在一起，其中有数不清的蛛丝与远在前方的轨道平行。

“啊哈！”克尼波惊呼道，“原来我们都已经和自己的星球连在了一起。真高兴!”

但是，灿烂的太阳很快就消失在星球的背后。随着太阳的消失，那些数不清的蛛丝也消失了。

行进中的精灵从吵闹突然变成了安静。

与此同时，克尼波很快又找到了话头。他对那些和自己一起躺在车顶上仍然抽搐着、紧紧抓住某个尖角和钩子的人说：“先生们！我一直深信不疑的事情突然变成了不争的事实。我们都还与想要脱离的星球联系在一起。是的，我们属于它，反之亦然！为我惊人的深刻思考而欢呼吧！我不太明白，如果有这些拴住我们的丝线，我们要怎么成为独立的恒星和神。我也不明白，我们为什么要成为所谓的星和所谓的神。实际上，我觉得整个独立的说法其实就是一个噱头。只要他一直活着，每个人最后都会保持原样。”

“那你退出吧！”其他人喊道。

“不，”克尼波笑着回答，“我暂时会继续参与！谁也不知道我们最后会到哪里去。另外，我想找个地方站着。虫灵的脚部护具让我的脚底变得十分敏感。正是因为这些线我们才被牢牢绑在了一起。”

其他精灵对克尼波那初生的独立愿望嗤之以鼻。他们满怀期望地看着驶过的巨大星球。

左右两旁无数的星球拼成了一条通道，但它并非无穷无尽。右边只有五十万颗星球，左边也一样。精灵们发现星球一个接一个地越变越大，他们终于惊讶起来。

精灵们要变得和通道上的星球一样大，而越早到达终点的精灵一定会比后来的要大。

然后，精灵更想要超越对方了。轨道咔咔作响，精灵们像饿狼一样互相追逐——这关系到未来的大小以及星球的大小。

精灵们无法把这个念头置之脑后。气氛变得愈发沉闷。

对精灵来说，旅途是漫长的。

“加把劲！”他们互相鼓励着。

但他们已经没劲可使。

他们超越了一颗又一个颗星球。但星球也变得越来越大，机器穿越巨大星球所需的时间也越来越长。

可怜的精灵变得急不可耐，肩膀开始发麻，他们发现自己的肩膀越来越难以承受这些古老恒星的重量。

不耐烦的精灵满怀憧憬地凝视着前方的巨大星球。

“这就是我们的未来！”

“这就是神的模样！”

赛场上的精灵如是说。

但是，还戴着珍珠冠的众神们渐渐长出了脸。他们长出了锐利的眼睛、鼻子和胡须，嘴角开始抽搐。

突然，星球都笑得异常灿烂，把比赛选手吓了一跳。

许多精灵从机器上跳了下来，留在了后面，因为他们对能否及时通过存疑。

机器完好无损。带翼雪橇和不断翻转的篮链像刚开始一样争先向前；火车轰鸣不断，火花四溅；飞艇仍在向通道空中射击；高跷机大步流星，不知疲倦；轮盘机像以前一样轰隆隆地摇摆着；透明的球在轨道上平稳地滚动着，就像无事发生一样。球里坐着很多精灵。鱼叉和冷却装置也同样履行着它的职责。

尽管如此，精灵还是累了。很快，他们都不想再往前走了。

“没用的！”他们打着哈欠，搓着手，没精打采地叫道。

他们花了很多年才到达通道上第三十七号星球，而且他们已经不能再快了。一阵刺耳的哨声响彻了漫长的通道。

精灵们惊讶地抬起头。

星球的表面越变越暗，最后完全变成了黑色。然后所有的星球同时向右转了半圈。随着一声震耳欲聋的雷鸣，赛道断成了两截。

所有的机器同时坠落，沉入深渊。精灵纷纷从机器和车厢里掉了出来，因为铁比精灵重。而一些机器却没能把精灵放出来。

在这场大灾难中，第二个灿烂的太阳耀眼夺目，甚至比第一个太阳还要大。

精灵们再次看到了无数闪闪发光的蛛丝，这些丝线都连着上方正在远去的星球。

精灵们越降越低，越降越低。

克尼波说：“啊哈，我们的星星不让我们走！”

无数的蛛丝闪烁着五彩的光芒。

蛋！

它来回摇摆，看上去想前进而又无法前进。

“这是古老的生命之歌。万物无法脱离彼此，也无法调和。”精灵说。

他们在迷雾世界里越陷越深——在来回摇摆、无法前进的迷雾中。

与此同时，他们以为自己又回到了深不见底的世界里，所有的快乐都离他们远去了。

他们的身体整个被一层坚硬的外壳包裹了起来。精灵们看得到这层硬壳，他们可以像透过玻璃一样看穿这层硬壳。

再没有任何东西能触动这些精灵。迷雾世界中的混乱对他们来说仿若隔岸观火，玻璃外壳使得一切都无法接近精灵们。

与此同时，玻璃壳都鼓了起来，变成了大鸡蛋的形状。

当精灵们注意到这点时，他们叹了口气说：“好吧，我们以为自己马上就要变成神了，现在又变成了纯粹的蛋。万事开头难，但是永远都只能回到开头的话，那是难上加难。”

像纱一般的云雾疲惫地移动着。

被密封的精灵越坠越深，沉入了汪洋。玻璃蛋里只剩下一万个精灵。

现在，海水像被闪电击中的牛群一样翻滚。

一万个精灵沉入了汹涌的海水之中。他们相信马上一切都将结束了——这整个漫长的生命。

但是，蛋形玻璃壳也让精灵们与水隔绝。他们能继续平静地活下去，虽然他们像瘫痪的人一样动弹不得。

一万个精灵依然活着，虽然他们并没有因为活着而感到快乐。

玻璃蛋沉入了较为明亮的水域，有像寄生虫一样长的笨重的泥蛇正游来游去。蛇的身上有几处被黄玉般的发光外皮覆盖，这些微微隆起的外皮在蛇的皮肤上形成蜿蜒的皱褶，像绳结一样绑在了蛇身上，看起来就像黄宝石闪闪发光。

一万个精灵再也不知道自己是在上升还是在下沉。

克尼波，那个永远不知道自己是愤怒还是快乐的精灵也在玻璃蛋里。

精灵们痛苦地意识到自己无法动弹——玻璃壳太坚固了。现在他们也闭上了嘴。

杂乱无章的闷响穿透了水面，它仿佛来自遥远的地方。

玻璃蛋像空心的石头一样平静地游荡。泥蛇离得很远。长着黄色大眼睛和黄色大鸭蹼的光滑海公牛加入了它们的行列，但它们受到了惊吓，开始愤怒地追赶泥蛇，用钩状的角撕扯下泥蛇发光的黄玉长袍，碎屑四处飞溅。

比目鱼人用巨大的盔甲贝壳吹奏着阅兵进行曲，听起来沉闷而刺耳。他们长着褐色的方头，脖子又长又硬。他们的身体像腐烂的鱼一样无精打采地摇摆，方头却看起来异常激动，令人不安。

颠倒的灰色锅子朝着他们游来，尾部绑着鳗鱼。鳗鱼仿佛是鼓槌，敲打锅子，发出沉闷的响声，让人紧张失控到变成野兽。一些锅子被鳗鱼用头撞成了两半，而裂开的锅子让沉闷的响声变得像血迹斑斑的尸体一样阴森恐怖。

老祭司和年轻士兵来到了正在打斗的海公牛与泥蛇之间，它们立刻让出了一条路。许多锅子因此被猛烈地抛到了一旁的比目鱼人身上，折断了许多僵硬的脖子。许多褐色的方头随着嘴里的盔甲贝壳一同迅速沉入了深海。

沉默的海星围着士兵和老祭司打转，看起来十分温驯。

克尼波说："海星真不错！"

但没人听得到他说话。精灵们的声音无法穿透玻璃外壳，尽管精灵们的耳朵里仍然充斥着沉闷的噪声——可怕的锅声和比目鱼人笨拙的号子声。

"这到底是什么？"精灵们不停地自问。他们的脑子都快糊涂了。老祭司的庄严肃穆与士兵们的大惊小怪格格不入，沉默的海星在灰色的锅子面前保持着不自然的安静。

比目鱼人不停地吹奏着它们傲慢的行进曲，泥蛇和海公牛也伴随着旋律搏斗。它们不停地搏斗，看起来简直愚蠢至极。虽然这些声音在精灵们耳中已经有所缓和，但这并没有使他们混乱的生活景象变得平和。

黄玉长袍的碎片在杂乱拥挤的人群中散发出刺眼的光芒，像逝去的梦境和古老的疯癫的混合。

玻璃蛋将这些光芒通通猛烈地反射了回去，仿佛精灵身上也发出了醉生梦死的欢愉之光。

这些光线好似鬼魅般的手指紧紧地与此处巨大的混乱交织在了一起。

美丽如画的小孩怀里揣着令人作呕的黄色女人面具，沉入了闪闪发光的水团中。每个孩子看起来都像骑在马上一样，十分有趣。

有着精美浮雕的断裂长柱像一大群鲱鱼一样从上方漂过。肥胖的蟾蜍在柱子上爬上爬下，步伐稳健而缓慢。

每根柱子都完全不同，精美得像是一匹骏马。

“这到底是什么?”精灵们一边自问，一边想耸肩。

巨大的旋涡缓慢地移动着，将一切都卷到了一起。它也卷住了反射光线的玻璃蛋，把它们拖入了无人理解的、奇异的混乱闪光之中。

然而，在一切对规则的嘲弄之中，万物还是规律地运动着。精灵们觉得自己还能感受到与世界渐行渐远的节奏。

水妖们突然跃入了闪光的旋涡王国。

他们像纤细的舞者一样移动，动作中充满了嘲弄，让人隐约联想到舞蹈。

他们模仿着泥蛇与海公牛搏斗的节拍击打手指，修长的鳍状下半身像在锅里的鳗鱼一样摆动。水妖们还尝试着模仿旋涡中其他的运动游戏。

精灵们完全不理解水妖的装腔作势，但他们无法开口，玻璃蛋封住了他们的嘴。

与此同时，精灵们有了一种新的念头。他们不由自主地想要效仿水妖的样子，效仿水妖在缓慢旋涡中舒展的身姿。

因为玻璃蛋的存在，他们无法这样做，却因此有了另一个发现：他们逐渐可以理解旋涡王国，它现在只是在非常缓慢地旋转，所有莫名之物都在奇妙地移动着。

水妖们笑着，他们的声音沉闷地回荡着，仿佛在遥远的地窖里："如果你把生命中所有的混乱不堪只当作一场运动游戏，你就可以泰然处之；如果你认为一切都高深莫测，那你就是疯了。高深莫测之物必须从大量的肤浅之物中脱颖而出才能被认为是深刻的。因此，把高深莫测抛在一边，首先把一切都仅仅当作运动游戏，那么你就会比以前更了解这个世界了。"

克尼波变得非常生气。

“这里晃荡着给傻子的救命稻草!”

他想大喊大叫，可惜他发不出声音。

水妖们的话一石激起千层浪。此时他们已经退入水中暗处。许多精灵承认，由理性所管理的感知世界终究还是太小了，因为随处可见和唾手可得的东西都会被视为平凡之物。

他们急切地说:“我们却极力避开平凡之物!”

海水变得平静了。

平静的水王国失去了光彩，混乱也变得灰暗无色。所有生物都皱缩了起来，看起来凄惨可怜，虽然总的来说，他们的动作比以前更活泼了。

水妖们又一次出现了。

水妖们又一次模仿泥蛇、海公牛、士兵、鳗鱼、祭司、锅子、海星、比目鱼人、孩子、柱子和蟾蜍的动作。

精灵们理解了水妖的游戏。他们认同，若绚烂随处可见、随处可得，那它将不再被认为绚烂。此外，无色物体移动游戏的魅力丝毫不亚于绚烂的移动游戏。

克尼波想说:“在无色的世界里，移动能传达更多的含义。”

精灵们为自己不能像水妖那样移动感到遗憾。

不过，精灵们已经渐渐习惯了这种旋转的生命力量和其中的混乱。他们在其中游得相当开心。

“你只需习惯这个世界，只需要习惯，而不是总嗤之以鼻。”

他们想大声地说出这些话。

与此同时，他们注意到，一切都渐渐变得相当肮脏、相当不堪，变得卑鄙而恶心。

尽管如此，运动游戏仍然像以前一样令人愉快。水妖们用低沉的男低音说道：“没错，没错，体面也必须有它的对照，否则就会变得平凡。”

克尼波发现，这些肮脏的元素让混乱获得了崭新的魅力。他很想说：“不要相信水妖说的任何一个字！事情实际上变得越来越有意思，尽管它变得越来越肮脏。肮脏让运动游戏变得越来越丰满，它真的不需要为此道歉。”

现在，水妖们不幸变得非常肮脏。他们满身都是淤泥和污秽，好像是出于羞愧，他们又消失在了海水的暗处。

精灵们注意到他们头顶上有一道明亮的白光。

他们来到了海面上，虽然他们一直觉得自己正越陷越深。

海面白茫茫的，就像白垩溶解在了海水里。

昔日的天空黄得像新鲜的黄油。

精灵们像气球一样升上天空。

玻璃蛋从顶部开始溶解，如水滴落入白垩海中。白垩海发出嘶鸣。这一万个精灵又可以移动了。他们长长地舒了一口气。

欲望！

长时间无法动弹的精灵们又可以活动了。

如今，他们想要再次独立，想用另一种方式享受世界。他们不再希望成为神，但仍然希望成为别的什么。

而当他们成为别的东西之后，他们首先想以不同的方式再次享受另一个不同的世界。

远方，神圣的一切也开始变化，一会儿变大，一会儿变小。

当精灵们伸展、旋转，把头伸向四面八方的时候，他们看到无数血红星星在广阔的黄色天空中闪烁。这些星星并非静止，而是像苍蝇一样在阳光下盘旋。有时，他们在空中停驻几秒，而后更大幅度地盘旋。

看着盘旋的星星，精灵们觉得自己逐渐变得更加独立自主。他们感到无比自豪，仿佛将马上通往不朽的终点。

精灵们围成了一个开口朝下的锥形袋。克尼波站在顶端。

他们变成了暗灰色，身上的长袍变得僵硬，显出规则的笔直褶皱。精灵们把头抬得更高，让脖子变得更长。他们的脖子变得非常灵活，头上长出了闪闪发光的乳白色眼睛，能看到比以前更多的东西。

精灵们围成的锥形袋慢慢地转动起来。

在黄色的天空中，血红色的星星像阳光下的苍蝇一样不停地盘旋。这景象如同一场流光溢彩的灯会，但如此明亮的天空看起来其实十分古怪。

起初，许多浅蓝色的闪光大金字塔出现在精灵们的下方。它们在空心精灵们围成的锥形袋的圆形底座周围形成了一个突出的金字塔环。

在浅蓝色金字塔的上方，出现了深蓝色的巨型八面体。这些八面体形成了一个更为明显的环，向黄色宇宙的更深处延伸。

浅绿色和深绿色的火箭，从下方深浅不一的蓝色发光灯环中，笔直地射向了黄色的天空，高高地滞留在克尼波头顶，汇成巨大的点。精灵们感觉自己置身于花环王冠之中。

浅蓝色的金字塔和深蓝色的八面体在下方旋转，浅绿色和深绿色的火箭也随之旋转。火箭由许多闪光的小球组成，小球也都在旋转，像浅绿色和深绿色的珍珠，反射着光芒。

在绿色火箭之间，血红色的星星不断盘旋，像它们一开始在黄色天空中那样，像阳光下的苍蝇。

旋转的火箭让精灵们百思不得其解。它们睁着乳白色的眼睛，杵在中央，像一座细长的尖塔。

浩瀚的宇宙格外安静。

克尼波的声音从上至下传开，他大声说道："从不惊叹宇宙运动奇迹的人是有福的。平静地将一切接纳为礼物而非其他事物的人有福了。我知道，有些精灵拥有的太多，多到他们不知道该如何处理——他们还想要更多。我知道这一点，而且我对此并不感到惊讶。"

克尼波的声音传得很远，就像沙漠中传教士的声音。

金字塔、八面体和火箭仍停留在原地，不断地在点缀着红色星星的黄色天空前旋转。

然后，浅绿色和深绿色的火箭上都冒出像镰刀一样的亮白色光刺。

白色的镰刀光刺把一切都照得如此明亮，以至于黄色、红色、蓝色和绿色几乎显得暗淡无光。精灵们又看到了将他们与星星连在一起的蛛丝。

丝线在亮光中闪烁，凌乱地通往所有方向，既有朝上的也有朝下的，一会儿交叉、一会儿平行。

在亮白色镰刀光刺的映衬下，这些丝线闪烁着珍珠般的光泽。

火箭越飞越高，最后也一同形成了一个圆锥体，其细长的顶端达到了难以估量的高度。

然后，火箭圆锥体像精灵们围成的锥形袋一样自转。与此同时，各支火箭也在自转。白色镰刀光刺闪烁其间。

蓝色的金字塔和八面体与火箭圆锥体一起旋转，同时也在自转，速度比之前更快。

一切都逐渐转得越来越快。精灵们一下子就觉得有着红色星星的黄色天空，只不过是一些闪烁的线条罢了。

尽管有那么多双乳白色的眼睛，精灵们依旧无法追随这旋转的光影。

然而，他们想要享受这五彩缤纷的光影，这只应天上有的灯会。他们无法相信，这一切都近在眼前。

灯会激起了精灵们创造奇迹的欲望。

克尼波的声音又从上方传了过来。他有些急促地说："正是这种混乱创造了生命欲望的顶峰。狂热正是从这里开始，从我们无法企及的地方开始。它完全照亮了我们。"

精灵们围成的锥形袋中传出了一个微弱的声音，它问道："克尼波啊，请告诉我，你的智慧是从哪里来的呢？"

思索了一会儿后，克尼波忧郁地回答："我不知道。"

他想起了发光的水妖，车厢顶部、嘎嘎作响的铁轨和笑着的星球。但一切早先的记忆似乎都蒙上了一层雾——模糊了。

他轻声问道："在我知道这场伟大的比赛之前，我是谁呢？"

精灵们围成的锥形袋中又出现了那个声音，它笑着说：“哦，克尼波，你一定给机器加过油。”

“不！”上面的声音传了下来，“我不是黑仆。但我现在想知道，我们的智慧从何而来。我们的智慧一定来自那些到现在还束缚着我们的星星。”

下面又一个声音嘲讽地问道：“难道我们的愚蠢也是来自星星吗?”

克尼波第二次忧郁地回答：“我不知道。”

火箭的转速变慢了，精灵们又看清了它的内部。金色和银色的蛇缠绕着绿色的火箭，低头咬着深蓝色的八面体和浅蓝色的金字塔。

精灵们想起了所有杂乱无章的故事，那些他们认为自己经历过的故事。故事像蛇一样缠绕在他们的脖子上，空气中弥漫着疑惑。

他们想要摆脱困惑，重新变得独立。因为他们相信独立一定能让一切都变得清晰透明。

精灵咒骂着无数扯不断的蛛丝。这些丝线弹性十足，且如今有部分缠绕在金蛇和银蛇身上。在咒骂的时候，精灵们感觉自己的脖子松泛了一些，空气也变好了。

克尼波却嗤之以鼻。他的呼喊划破寂静的空气：“如果我没弄错的话，独立的人是不会享受的。无论如何，独立不会增加享受。我觉得，真正的享受总是从清晰的终点开始。但在清晰的终点，独立也变成了无稽之谈。所以我认为，独立的荣耀也许不那么令人愉悦。”

然后，精灵们变得怒不可遏，像放学时的孩童那般吵闹起来。

最后，一个刺耳的声音使得人群归于平静。他愤怒地说：“克尼波，你竟然允许自己在上面说蠢话，还说那是智慧。陈词滥调！如果我们不去领会这光象，我们就无法享受它们。我们该如何处理这些混乱呢？如果整个世界对我们来说永远都是无意义的光象，那对我们又有什么用处呢？”

克尼波在高处喊道：“呵呵，我们脆弱的接受力才是世界混乱的原因。正是因为我们的感官受限，世界才显得如此混乱。这不是世界本身的问题。”

精灵们围成的锥形袋中的另一个小声音低语道：“啊哈！所以我们有理由希望自己的感知发生改变。一切真的必须被改变——我们要神化自己的感知！只要我神化了自己的感知，我就心满意足了——我其实保持原样就行了。”

灯会陷入沉寂，尽管装有蛇、金字塔和八面体的火箭袋又加速旋转了起来。

克尼波缓缓地说：“或许我们的感官不完美，但这就是为了避免我们一股脑儿全盘接收。我们必须把一些事情留给以后，或许我们的感知也在逐渐变得完美，世界的图像可能会逐渐变得绚丽多彩。”

精灵们围成的锥形袋里发出许多精灵的笑声。它们喊道：“这就是我们从奥利姆时代就开始思考的问题！这就是我们想成为神的原因！”

所有人声嘶力竭地喊道：“要是我们先成为神就好了！要是我们先成为神就好了！”

但克尼波愤怒地说：“你们似乎不明白对照的价值。如果我们不先了解较次的感官，那么最好的感官对我们来说也是一文不值。你们希望一切都能一步到位，变得完美，而实际上，循序渐进比唱独角戏的、没有发展能力的完美要珍贵得多！”

精灵们围成的锥形袋静止不动。火箭袋也静止不动。

小声嘀咕变得洪亮，听起来中气十足：“我们正处于追寻神性伟大冠冕的野猎之中，克尼波绝不能成为我们的绊脚石。”

白色的光镰被银蛇和金蛇吞噬。

精灵们眼前乳白色的一切又归于黑暗。

丝线瞬间消失了。

火箭袋、蛇、八面体和金字塔一同升高，很快也消失在黑暗中。

顷刻间，天空变得漆黑一片。

此时精灵们却在发光。看到自己发出这样的光芒，他们都吓了一跳。

戏剧！

在一起很久的精灵们突然不认识对方了，他们完全变了样，躯干不见了，脑袋上只有两只小耳朵和无数乳白色的眼睛。

细长的精灵们围成的锥形袋变成了由乳白色眼睛构成的袋子。

乳白眼睛泛出好似腐烂木头的光芒。精灵们的耳朵像黑珍珠一样，但并没有掩盖乳白色眼睛发出的光。

闪光的袋子高耸在昏暗的天空中，像隐蔽帽子上巨大闪亮的尖端。一片绿色的苔藓从袋子的底部向四面八方生长开来，然后像漏斗一样缓缓向上生长，形成一个巨大的圆形扁碗，一个绿色的苔藓碗。碗的中心是精灵尖顶，就像一把倒置敞开的伞中的伞柄，但苔藓碗并不像伞一样是拱形的。

昏暗已久的天空因为白云又变得明亮了，整片天空很快就只剩下高处的白云。它看起来很小，像一朵小小的光之花。

精灵们乳白色的眼睛向四面八方望去，一切看起来都不同寻常，他们与世界之间仿佛隔了无数层精美的透明面纱。

面纱不仅没有遮挡视野，反倒还帮助了精灵们观察世界。

然后，锥形袋慢慢地转动了起来。转动的痕迹不易察觉。

苔藓地上长出了巨大的真菌。

巨型真菌有非常胖的蓝灰色脑袋，上面长了很长的蜡质鼻子。其他长在有头真菌旁边的真菌，也长出了手。它们的手指都是粉红色、胖胖的，在摸着蜡鼻子。然后，真菌张开大嘴，说起了难以理解的话。

长着珍珠般精美耳朵的精灵们偶尔能听懂几句，比如：“我们诞生于深度的沉醉！”

“我们是沉醉的宏伟象征。”

“只有我们理解沉醉，因为我们就是沉醉本身，而只有沉醉了解自己。”

他们的头变得畸形。

一个带着黄色斑点的绿色霉菌，头上长出了螺旋上升的子弹状的叶子。它若有所思地说：“还有什么比完全陶醉更令人陶醉吗？这可能就是独立的巅峰！是的，没有别的了！”

另一个真菌的头看起来像一扇破旧的石门。它低声问道：“亲爱的沉醉兄弟们，你们知道在追求沉醉的过程中，我们渴望的，是更高的意识，还是更多的无意识呢？如果我们对后者感兴趣，我们就必须对独立嗤之以鼻。否则，情况可能会不同。”

无人作答。

停顿了许久，黑色的锁瑚菌发出嘎吱嘎吱的声音：“我们只是为了陶醉而思考吗？还是说，我们只有在陶醉时才能思考？”

另一个真菌头上长着蓝色蟹钳，而不是头发。它浑圆的眼睛可怕地转着，后用拖长的语调说：“我们今天又清醒了不少，可能是思考的缘故吧。我们想了解沉醉吗？它日新月异，像变色龙！”

真菌们摇晃地从地下爬了出来，用它们丝状的根，颤巍巍地朝着遥远苔藓地的边缘前行。巨型真菌只能缓慢前进，因为它只有细细的根腿。

绿色的蒸汽在前方升腾。

真菌们也变得无影无踪。

一阵风吹过，绿色的水汽消失了。

透明的水晶柱子从苔藓地里嘎吱嘎吱地冒了出来。

水晶柱上长出了枝状的手臂。手臂也是水晶的，上面没有手。代替手的是长方形的水晶脑袋，脑袋上的两只眼睛也是长方形的。

水晶生物之间还会进行交谈，同一根柱子上的所有脑袋都习惯了异口同声地说话。

精灵们听到了如下对话：

“鄙人至今只经历了两千个发展过程。但如果我说，我从未在漫长的生命旅途中思考过发展会将我带向何方，那我就是一个十足的骗子。”

“发展的最终目标有必要清晰地呈现在眼前吗？像这些水晶柱那样？难道在发展过程中持续存在的模糊的乐趣还不够吗？如果我们完全了解世界发展的最终目标，发展还会有任何吸引力吗？那样的话，我们岂不是智慧尽失，无法发展了吗？为生命力和生命欲望加冕的不正是不断发展的能力吗？”

“所有精巧的问题并不妨碍我们继续思考水晶灵魂的发展。对我来说，还有两个关键的问题：如果我们不断变化，那么我们是在朝着独立的方向发展呢，还是我们实际上只是在数量的层面上不确定地发展？在我看来，我们应该很快就能发展到足以回答这两个问题中的一个。”

过了一会儿，一个颤抖的声音自说自话：“如果我们是生物，那么就会有造物者；如果我们本身就是造物者，那么我们应创造比现在更多的生物；我们还可以是能造物的生物。我们也可以创造其他东西，不一定非得是由死生界定的物体。但如果我想创造什么，无论是什么，我都会想问：什么更有利于创造的伟大时刻，是变化的生活环境，还是一成不变的生活环境?”

异口同声地追问:

“我们追求的是平静，还是运动?”

“如果能像旧时的梦想家一般，在某一时刻停滞，那岂不是也很好?”

水晶柱又嘎吱嘎吱地沉入了苔藓地里。马上就消失在了乳白色眼睛的视野里。

巨大的木贼像森林一样从苔藓地里蹿了出来。木贼森林弯弯曲曲，沙沙作响。

森林里传出沉重的歌声。

然后，森林发出一声叹息:“啊，尼布罗莎！哦，尼布罗莎！你在哪里？难道你不记得我们是如此依赖你，如此需要你的陪伴吗？”蓝色的云朵从森林中涌出，越升越高，与紫色和橙色的云朵交织在一起。

这些色彩斑斓的云朵浮荡在弯弯曲曲、沙沙作响的木贼森林顶端。

虽然精灵们没看到它们的嘴巴或者鼻子，云朵却开始说话了:“我们现在已经想好了一切。我们为自己的无知而欢欣，远胜于我们获得知识的喜悦。”云朵升得更高了。

“啊，尼布罗莎!”森林喊道。

一个声音从上方传来："尼布罗莎，它是一个单一的生命，却由许多云朵组成。尼布罗莎觉得自己再也无法欣然地承认有生物比自己更聪明。伟大的尼布罗莎其实一无所知，它也不想知道任何东西——它嘟囔着反对古老智慧的色彩。"

"太可惜了，"木贼森林说，"我们真的很想知道光明和黑暗哪个更令人愉悦。"

彩云中闪过一道猛烈的闪电。

但森林并没有保持沉默。当云影从树梢间掠过时，它问道："放弃自我意识是否会让自我丧失感知力？"

云间闪过一道更为猛烈的闪电。

木贼森林继续问道："如果我们觉得自己是一个个体，或者如果我们出于对自己可能所属的整体的尊重，而抑制任何自我意识，我们是否更有生命力呢？"

然后，闪电击中了木贼森林。它燃烧了起来，瞬间化为了灰烬。

带着紫色和橙色斑点的蓝色云朵伴着电闪雷鸣越升越高，然后向下呼喊道："尼布罗莎嘲笑自我意识，摧毁自我意识。"

彩云消失了在高空中，没有留下任何尼布罗莎的痕迹。

小小的白色云朵重新亮了起来。

从精灵们闪着彩色光辉的乳白色眼睛里流出了眼泪，泪珠像阳光下的露珠一般熠熠生辉。

巨大的红色山峰伴着隆隆巨响，从木贼森林的灰烬中拔地而起。

山峰上粼粼的河流纵横交错，像丝带一样环抱着山峰。群山呈朱红色，河流如银、如汞，更带着一丝动态。

红色的群山变成了硕大的脑袋，非常友好地微笑着。

银色的河流缠绕在山峰巨人宽阔的脖子上，蜿蜒向上流入山峰巨人的头发里。它们像液态的蛇一般扭动着，在山峰巨人的耳边低声说着谄媚的话。

然后，河流像乖孩子一样提问，它们想从神灵那里知道一些事情。

“众神的数量，也就是我们所知的星星的数量，真的没有一个确定的数字吗？”谄媚的河流如是问道。

红巨人答道：“众神的数量根本无法想象，没有那么多空间来写下这个数字，数字和无穷相比太渺小了。众神俯瞰一切。”

河流惊呆了，它绕着巨人的额头潺潺地流着。

但河流很好奇，它们想知道更多关于众神的事情。

好奇的它们又问道：“众神真的能随心所欲吗？”

“别做梦了！”红巨人笑着答道，“众神也依赖于其他生物。这些生物比所有的星星加起来还要大上许多，而这些超神生物又依赖于更高级的生物，以此类推。万物之上都有更高级的存在，永无止境。而且，所有人，无论是低等神，还是高等神，都被无数粗绳绑在了一起，相互依存。这些事情你们要铭记于心。”

河流在颤抖，因为它们的逻辑完全无法支撑想象这一切——这对它们来说实在是太宏大了。

它们现在只想知道，众神是否会像河流和山脉，以及生活在它们上面和里面的所有蠕虫一样继续进化。

所有的山峰巨人点头以作答，用力得差点儿把脖子上的河流链条甩了出去。

在点头的同时，红色的山峰从四面八方向上滑动，一直滑到了苔藓碗的边缘。他们在那里越变越小，小到乳白色的眼睛再也注意不到红色的山峰和他们奇特的河流链条。

乳白色的眼睛同时向不同方向远眺。

雪从云中飘落下来。非常多的雪，一直延伸到苔藓碗遥远的边缘，把它变成了一个巨大的雪漏斗。

当雪落完，乳白色的眼睛可以再次环顾四周时，他们看到一片暗绿色的天空。带金色花纹的巨大深蓝色蝴蝶围绕在雪漏斗上方的边缘，所有蝴蝶被沉重的铁链拴在一起，动弹不得。

蝴蝶们喊道：“现在，让我们给意志一个方向，因为这就是我们一直想要的！现在，开始！”

但无事发生，蝴蝶还是静静地环绕在漏斗周围。

雪融化了。

随着一声闷响，嶙峋古老的群山从缓缓上升的苔藓碗中拔地而起。苔藓碗又变成了之前的深绿色。古老的山峰上有许多古老的城堡。

巨大的青蛙从城堡中跳了出来，开始跳舞。

群山和城堡也随之共舞起来。

在背景里，整片的森林渐渐成形。它们聚集在一起，加入了舞蹈。

在前方，玉米田和道路也渐渐显现，随之起舞。巨大的青蛙用不同的音调同声吼道：“我们想要变得自由吗？”

“我们想要变得自由吗？”

舞蹈中的苔藓碗王国变得异常明亮。精灵们乳白色的眼睛看到了无数根粗绳——它们与所有的舞者相连。

深绿色天空中，硕大的拳头变得清晰可见。它们牵着并支配着粗绳。

突然，无数大剑从天而降，在精灵们眼前剧烈地来回闪烁。精灵们觉得一场粗绳操控者的大战正在眼前展开。

欢乐的傀儡王国和巨大的青蛙很快就淹没在了刀光剑影之中。

精灵们竭尽所能地表示遗憾。因为他们没有嘴巴，无法说些什么。所观赏的这些戏剧对他们来说太压抑了。

闪烁的刀剑在交锋中渐渐被斩断，消失了。

傀儡王国再次出现。在大战期间，王国里除了有山峦、城堡、青蛙、玉米地和森林，还新增了一片广阔的蓝色海洋。

虽然绳子消失了，但是傀儡戏仍在上演，且愈演愈烈。

精灵们四处张望，觉得这场舞蹈不明所以。一切都朝着咆哮的蓝色海洋前进。

精灵们用自己珍珠般的耳朵努力倾听，渐渐明白了它们在说什么。

青蛙们说："我们是大问号，现在要开始一场夺回解放之句的伟大战斗。解放之句中有大答案。而海洋中既有句子，也有答案。我们必须从狡猾的蓝色海洋中夺回这两样东西。这将是一场伟大的战争！"

青蛙们跳进了蓝色的海洋，溅起了巨大的水花。

与此同时，青蛙笑着问："还有什么比无知更有趣？"

“我们究竟是为了求知而发问，还是只是想要明白，其实，知识是对无知的一种了解呢？”

“不正是对无知的了解构成了我们大部分的自信吗？”

青蛙潜入水中，在深蓝色的海面上留下许多白色的泡沫。

有城堡坐落其间的群山也正在奔向海洋，它们也想从海洋中带走解放之句。

海洋用雷鸣般的巨浪拍打着高山，泡沫飞溅到城堡上。

大山呻吟着问：“思考比提问更重要吗？”

“思考和提问是一回事吗？”

“我们所有的智慧都只源于提问吗？”

“我们将永远只是问号吗？”

“我们的幸福是否只在于能够提问？”

城堡问：“有问题能让我们保持理智吗？”

海洋仿佛受了伤。湛蓝的海水与山峰渐行渐远，在高处直起身来。

海洋变成了高山。

然后，道路追随着它们，激烈地问道：“非我是否比所谓的自我更能让人警觉？”

“世界和自我都只是黄粱一梦吗？”

“是否存在着一种能看透世界之心的生物？”

“世界有心吗？”

“世界是单一的存在吗？就像玉米田一样？”

“世界有皮肤吗？”

“世界比世上的一切都聪明吗？”

“生活在世界上的某样东西，能变得和整个世界一样聪明或愚蠢吗？”

森林又像刺猬一样聚在一起，窸窸窣窣地问：“如果我们问，是否我们在发问，这实际上是不是最伟大的问题？”

“如果我们问，是否我们在思考，这实际上是不是最伟大的思考？”

然后，海潮喷涌而出，像千万个喷泉在拾级而上。

锥形袋中的精灵们清楚地听到了海洋的斥责：“庆幸吧，你们在质疑中找到了这么多乐趣。如果我们回答了你们所有的问题，你们就不得不思考新的问题。我们的沉默会让你们免去这些麻烦。”

山峰、城堡、道路与玉米田一同向上延伸，想要与海洋搏斗。

但海洋的两侧长出了白色的翅膀。

在海洋羽翼渐丰的同时，巨大的青蛙从蔚蓝的浪潮中飞出，划出道道巨型弧线，猛烈地撞击着山峰和道路。最终，这些有趣的动物悲惨地葬身于山路之间。

然后，蓝色的海洋猛烈地扇动着白色的翅膀，把大山砸成了数以万计的石头。石头把青蛙、森林、道路和玉米地完全淹没了。苔藓碗里从上到下都是石头，就像下了一场石头雪。

蓝色的海洋升腾起来，像巨鸟一样张开白色的翅膀飞向天空。

在有翼之海里，鱼儿悠游自如，珊瑚恣意生长，海星与牡蛎在搏斗……有翼之海投下的巨大阴影，比万亿个海加起来还要大得多。

精灵们的乳白色眼睛很快就再也无法分辨任何东西，巨大的海洋阴影竟是如此黑暗。

精灵袋处在苔藓碗的中央。在碗的最边缘，乳白色的眼睛看到了其他长得毛骨悚然的精灵。他们像蜘蛛一样越过边缘，然后缓缓地爬了过来。

然而，当他们直起身来的时候，袋子里的精灵们被这些蜘蛛精灵的巨大体型吓了一跳。他们长着七条可怕的长腿，有个硬甲壳，腿像裙撑一样将他们立在布满石头的碗上。

天空现在像铅一样灰暗阴沉，蜘蛛精灵的甲壳高高地伸向天空，奇怪的凸起看上去就像许多管子穿过了天空。

这些蜘蛛精灵的脑袋非常小，几乎分辨不出眼睛。它们有七条巨大的长臂，七只块状的拳头都握着生锈屠刀的刀柄，看上去十分危险。

这些恐怖的家伙爬到对方肩膀上叠了起来，最上面的那个用生锈的屠刀触及了铅灰色的天空，然后它小心翼翼地从天空中割出七边形的口子。

透过这些七边形的小孔，乳白色的眼睛可以看到一片非常明亮的、五彩缤纷的辽阔星空。

彩色星星由彩色长绳系在一起，使得这片星空看起来像是个布满无数蜘蛛网的旧墙角。

长着七条腿的精灵们带着铅灰色天空的碎片回到了地面。他们想带着天上的好东西回到遥远的边缘，回到他们刚来的地方。

但碎片从这些长家伙的手中脱落，然后像灵动的天空岛一样升高，在空中飘来飘去。

七腿精灵们不知所措地定住了。

突然，铅灰色天空的碎片落在了七腿精灵们的头上，并狠狠地穿过了他们的身体。精灵们的长腿像玻璃一样碎了。

从天而降的碎片和精灵掉落的硬甲壳在苔藓碗上打出了深深的洞。碎片自身也爆裂开来，大块大块地落入未知的深处。

与此同时，精灵袋也倒下了，随着铅灰色天空的碎片和苔藓地的碎片一同下坠。

精灵们从彼此身上脱离，坠入了一个昏暗的气体王国。在那里，他们又变了模样，闻到了一阵奇异的花香。

昏暗气体王国中无形的花香是如此浓烈，精灵们突然想到了遥远的过去，想到了漫长而悠久的生命。

悲惨！

精灵再次感知到了长久失去知觉的双脚，而且可以继续走路了。

但这并非一种解脱。

行走是一种折磨。

无数的记忆被许多奇怪的气味唤醒。精灵们行走的道路像被遗忘的地窖一样黑暗，衬得这些记忆更为清晰。

记忆啃噬着精灵们，吞噬着他们的生命力。往日时光在这些漫步者看来只是巨大而痛苦的枷锁，令人沉醉的花香只是将记忆的沉重衬托得更为明显。

路的前方两次都亮起了冒烟的小灯，稀稀疏疏地照亮了宽阔的石阶。

光线非常昏暗，令人悲伤，因为它来自黯淡的路灯。

精灵们的情况并没有好转，但他们仍旧沿着造得很差的石阶向上而行。他们越爬越高，尽管没有人知道石阶将通向哪里。他们看不清上面有什么，因为黯淡的路灯只能照亮路的两边。

当精灵们费力地沿着宽阔的石阶向上而行时，他们完全被压迫感俘虏。他们的所思所想也渐渐失去了生命的光彩。

在精灵们看来，他们的整个生命都是非常多余的。用不了多久，大家就会一起宣告："这一切终究是无稽之谈。"

每次努力和每个目标都将被视为愚蠢之举，存在于所有事物之中的无用功正对着精灵们坏笑。

一切都将无疾而终，一切都只是愚蠢的想入非非。这种磨人的感受让所有鲜活的声音胎死腹中。于是，精灵们——现在还有一万个精灵——变得像被耍了的骗子一般了无生气。

只有克尼波和其他两个精灵还算振作。

所有过去的辉煌都已化为泡影，只有忧郁和空虚纠缠着这一万个精灵。

有的精灵倒下了，躺在了石阶上，无人问津。

克尼波抱怨道："我感觉自己几乎变成了个工人，但难道人在工作之后没有任何快乐的感觉吗？"

"是啊，"旁边的黄色精灵答道，"所谓的工作都总能带来一些廉价的精神快感。"

所有精灵都觉得自己的神经不会再受到任何刺激了。所有精灵都感觉自己的感知系统已经溃烂，他们的生命力正在走下坡路。

他们沿着石阶继续往上爬，然后来到顶部一个宽阔的平台。平台上铺着黑色的瓷砖。

克尼波振作了起来，明确地说道："我承认，我无法真正理解你们的痛苦，我也为自己没有痛苦而感到无比痛苦。我觉得自己太渺小了。"

他笑了，但没有人和他一起笑。

精灵们继续沿着破旧的木梯向上。灯光变得更加昏暗，猫立在木梯扶手上，眼睛闪闪发光，老树的枯叶在楼梯旁窸窸窣窣，粗壮的花斑蛇在树枝上蠕动，对着精灵们发出嘶嘶的辱骂声。

脆弱的木头楼梯嘎吱作响。

要爬的台阶太多了，只有同在一个台阶上的精灵们才能认出彼此。

只有偶尔一盏没有整块玻璃的老旧路灯会亮起来。

爬楼梯变得像艺术家的生活一样艰辛。

每条蛇都像孩子一样说着冒犯的话语。

许多精灵一动不动地坐在台阶上，忍受着一切。

精灵们觉得自己应该受到冒犯。

他们突然觉得有一双无形的手在扇他们耳光。

愤怒的长啸响彻木梯。

但愤怒也是转瞬即逝，只剩下原本的麻木，精灵们迟钝不堪、邋里邋遢。他们的脚掌和苍白的脸颊都针扎般作痛。

一个老精灵哀叹道："我们的悲惨大抵都是爱慕虚荣的结果。如果我们不那么虚荣，我们就不会受伤。只有虚荣的人才能体会到生命真正的悲惨，不断小心翼翼地赞赏自己本性的人，将永远受到伤害和痛苦。我们只是活在虚荣的悲喜剧中，所有的悲惨都是纯粹的虚荣。"

克尼波在老人身边非常生气，喊道："我们不想忍受这一切！"

数百个精灵仍然躺在木台阶上，只有最强壮的精灵爬到了台阶顶端，另一个铺着黑瓷砖的宽阔平台。

黄精灵对克尼波说："那就反击吧！快说说你想怎么做。"

克尼波想开个玩笑，但玩笑卡在了嘴边。

他最后说："的确，我相信所有的悲惨都是虚荣心在作祟。但我真的想要告诉大家，你们虚荣的核心就是你们那该死的对独立的渴望！"

"我们的！"黄精灵补充道，试图缓和气氛。

然后，嘈杂刺耳的厌恶声从四面升起。精灵们不仅对生活感到厌恶，也对彼此感到厌恶。

厌恶强烈得令人毛骨悚然。

他们有时会想到孤独。但他们太虚弱了，无法从这种想法中抽身。对他们来说，孤独已不再是一个令人发笑的目标。

栏杆上的猫眼发出可怖的光芒，但它们不再挑衅。甚至连蛇冒犯的嘶嘶声都已经对精灵们不起作用。

只有嘈杂刺耳的厌恶声从精灵的口中发出。

沉默许久之后，克尼波对黄精灵说："当人被迫向某种情况做出妥协，却又不想或无法解开这死结时，幽默就产生了。"

但他无法向楼梯上的悲惨状况做出妥协，因此也就没有幽默可言。

黄精灵一言不发。

多么悲惨的场景！

眼下，铁制的楼梯盘旋向上，像红酒开瓶器。

精灵们又都产生了一个念头："这一切都是无用功，毫无意义！"

但现在没有人能再躺下了，因为旋转楼梯都非常狭窄，可怜的精灵们只能一个挨一个地走。

肥胖的鳄鱼正缓缓地从宽阔的铁栏杆上爬下来。

黄精灵对克尼波说："我们是被抛出的流星，不是会飞的流星，我们应该像蜗牛一样排着队向上爬。"

鳄鱼的行动十分诡异，一阵刺耳可怕的声音回荡在整个楼梯上。

每条鳄鱼都在疯狂地咆哮。

多么可怕的场景！

每条鳄鱼都在谈论着任何蠕虫精灵或星球精灵不愿想起的尴尬时刻。旋梯上的精灵内心深处不论在何种情况下都不愿被触及的部分，在此刻却被赤裸裸地公之于众。

每条鳄鱼的言谈举止都像年轻的强盗国家的外交官一样彬彬有礼。

旋梯旁出现了一道光。

光线射向四面八方，越来越微弱。

光中出现了一些影子，那是精灵的影子，是数以万亿计精灵的影子。旋梯上的精灵曾跟他们在嘎吱作响的轨道之间并肩而行。

万亿个精灵变得清晰可辨，他们个个神采奕奕。虽然他们的脸都在阴影中，但他们的动作是如此生动向世界昭告他们的活力。

万亿个精灵没有任何相似之处。从远处突然飘来的这一群幸福的精灵，和这里的一万个精灵截然不同，他们和自己身边的精灵长得完全不一样。

这让旋梯上阴郁的精灵们大吃一惊。

但是，远处的光消散了，万亿个亲切的精灵也迅速消失在了视野之中。

阴郁的精灵一个接一个缓慢地离开了旋梯。他们现在正站在一个巨大的铁制平台上，可以俯瞰脚下的木梯和石梯。它们在黑暗的岩石和森林之间显得格外突兀，像一块巨大的条纹裹尸布。

精灵们感觉四肢像灌了铅一样沉重。

他们悲伤地说："这就是该死的星体重力!"

许多精灵渴望死亡，但没有精灵想到自杀。

黄精灵很惊讶。

老精灵忧郁地说："我认为，指望我们的社会考虑谋杀真是太天真了，这个社会连驯服思想所需的力量都没有。"

克尼波却略带幽默地低声说道："如果活着没有意义，那么死也肯定没有意义。"

黄精灵大声喊道："是的！让人活着是最残忍的。"

老精灵平静地说："死亡的情绪和快乐的情绪一样，都是暂时的。"

精灵们要再次攀登绳梯，一种无形的力量驱使着他们前进。

然而，没有人想要靠近绳梯。

过了一会儿，精灵们看到类似蝾螈的生物在爬上爬下。

这些生物背上有彩色的斑点，头上的三撮白毛像三把刚洗过的大刷子一样竖在空中。

在毛刷的上方，出现了淡绿色的云团，沿着梯子上下飘浮。不知道是云团逼着蝾螈，还是蝾螈逼着云团沿着梯子上上下下。

一条粗壮而又恶毒的鳄鱼不耐烦地说道："这都是希望。它们总能找到傻瓜追随者。"

一条老鳄鱼愤怒地喊道："别乱说，这都是永远放不下希望的老傻瓜们。"

然后精灵们困惑地说道："要是我们也是这样的傻瓜就好了!"

"哪怕我们相信过一次我们在遥远的未来能成为独立的造世者，那我们就有一个希望了。"

"甚至只要我们相信我们曾经自由过，那也就满足了。"

"或许只有婴儿才会有这样的信念了。"克尼波说。

黄精灵痛苦地喊道："是啊，信念会孕育希望。"

"黄精灵！"克尼波愤怒地说，"难道你想用这种生育的幻想来让我们重拾生活的勇气吗?"

老精灵喊道："星体重力！星体重力！我们依旧被我们的星球束缚着啊。"

四周变得异常明亮，精灵们又看到了无数的蛛丝。但这次它们从一个精灵连到另一个，然后沿着旋梯延伸到木头和石头台阶上，那下面还躺着许多无法继续向上的精灵。

丝线并没有发出耀眼的光芒，更像是落满了灰尘。突然，精灵们呼吸变得困难起来。

绿色的云团和蝾螈都消失不见了。

绳梯在摇晃。

所有精灵都安静了下来，不愿移动，不愿继续了。

明亮的灯光熄灭了。

漆黑的夜晚降临。

没有精灵再想往上爬。

绳梯摇晃着，相互碰撞，发出轻柔的声音，就像夜风中正在晾干的湿鞭子。

神庙！

僵了好一会儿，无法前进的精灵们又感觉有什么东西在他们体内流动。一种微小的物质正在他们体内涓涓流淌，让他们变得非常快乐。

巨大的双扇铁门吱吱作响，徐徐开启。

一万只精灵看到了一个崭新的世界。在这个世界里，无声的光芒像温暖的空气一样柔和地涌动着。

重重铁门将精灵们带入了新世界。

精灵们意识到自己正躺在精美的丝制轿子里。轿子四周点缀着许多象牙雕刻的工艺品。

无形的手在空中托着轿子，被托着的人欢呼雀跃。

精灵们进入了一个气势恢宏的礼堂，黄色的光线从高处的黄宝石穹顶上投射下来。墨绿色的墙壁是透明的，四周墙壁的后面看上去似乎有什么东西在移动，呈现出稍淡的墨绿色。

黄宝石穹顶后面似乎也有什么东西像云朵一般在移动。

然后再穿过几道发光的水晶门，载着精灵的轿子飘进了又一个礼堂。礼堂几乎是由红宝石玻璃组成的，只有上方几个空隙里镶嵌着松绿色玻璃，墙上还有许多做工精美的耀眼水晶泛着光。

精灵们发现，整个建筑像玻璃般透明。他们正身处于透明的神庙。他们觉得自己之前肯定经常听说这个建筑，因为它似曾相识。然而，神庙只有一小部分是用玻璃做的，大部分墙壁是用其他材料制成的。

奇妙的音乐从红宝石玻璃礼堂的深处传来，听起来像是无数新式乐器在演奏。

在享受听觉奇迹的同时，精灵们看到墙上有许多水晶碗。水滴从不同的高度落入水晶碗中，正是这些水滴谱成了这支曲调。然而，还有一些听上去不是由碗发出的声音，精灵们在下一间礼堂内发现了它们的踪迹。

这间礼堂的墙壁由无数根设计各异的柱子组成，形成了巨大的壁龛。壁龛的后面有窗户，通向另一个柱子世界。外面的空地上立着透明的柱子，是彩色的光柱，它们与大量的水一起构成了一个建筑。彩色的奔流瀑布和彩色的透明喷泉与彩色的光柱以相似的节奏汇聚在了一起。

远处的这些水体也在演奏，它们与神庙礼堂内的水滴音乐相辅相成。

风乐也加入了水乐的行列，在有孔的墙壁间穿梭，发出声响，时而柔和，时而强劲，始终与水声世界的旋律与和声轻柔地融合在一起。

接着，一万个精灵穿梭在一个长廊内。它们从透明的雕像前飘过，雕像内部散发着奇妙光芒，像液态的宝石。精灵们相信这些雕像就是活着的众神，虽然克尼波笑着反驳了这一说法。

精灵们穿过了一个又一个的礼堂，目不转睛地欣赏透明墙外的景色。它们看到了一个万花筒建筑，里面的色彩像皂泡的彩虹一样上下纷飞。

每一根柱子，无论是彩色的、单色的，还是水状的，都像玻璃一样透明，长廊和穹顶也是如此，墙壁也是如此。

一切都因其背后的存在而变得多姿多彩。精灵们透过一条缝隙不断地看到其他的透明建筑结构，以及它们之间的水道。水道大多也是透明的，只有在泡沫里会有一些实体。通过各处敞开的穹顶天窗，还可以看到更远处的水柱。

墙壁上的石块常常看起来像天鹅绒，但也是透明的。

随着轿子的前进，透明神庙每时每刻都呈现出不同的景象。

色彩和运动的刺激数不胜数，单个景象根本无法概括瞬息万变的、五光十色的全貌。

水与风的音乐也是如此多彩，扣人心弦，在刹那间就千变万化，无人能想象它的全貌。

一切都像肥皂泡一般运动着。精灵们还以为在墙外有生物，透明空间的居民们也住在墙外。

一万个精灵都很想知道，究竟是虫灵还是星球精灵从外面向这里施法，在众多的墙壁、长廊和柱子上变幻出更多的运动和色彩。

众神像是如此神秘，他们有着非同寻常的肢体、透明的华丽长袍和透明的头颅。

在深处，精灵们看到许多皇冠并排躺着，因此他们相信里面还有更多神像。

穿梭在众多神庙礼堂中时，音乐常常若隐若现，它似乎想掩盖而不是宣传自己在众多的神庙殿堂中。穿越礼堂的道路跟迷宫一样，一会儿向左，一会儿向右，经常要拐个大圈，或者弯弯绕绕地前进。

然后，轿子都停在了一个房间的中央。这个房间比其他的地方加起来都要大得多。

这里的音乐听起来就像无声的祈祷一样轻柔，但精灵们的声音很响，以至于大多数精灵听到自己响亮的声音时都吓了一跳。于是，大家很快就沉默了。

克尼波是最快适应声音变化的人。他被无言的愤怒冲昏了头脑，再也无法保持沉默。他说话了，像一颗启明星。他的声音在广袤的空间里如雷贯耳："我们并不知道除了一个世界，还可以有无数个活跃世界存在，也可能是无数个死寂世界，还有可能它们还在孕育之中。它们可能从没有出生，却活着。我们对生命了解多少！我们能说自己有生命吗？树的生命与石头不同。我们每次使用'生命'一词，都有不同的含义。但我们不知道我们的生命意味着什么，我们也不知道我们的死亡意味着什么。如果现在我们不知道自己是生是死，那么我们一定也并不在意，现在居住在这里却又不在这里的我们——这些精灵们——到底是虫灵，还是星灵。如果我们对言语的力量知之甚少，就不能妄下结论称体积更大的东西比小的更重要。也许，虫灵才是真正的神灵。但是，如果蠕虫精灵可以自称为神，那它们又是什么呢？星、虫、神，虫、神、星，说到底，这些都只是言语而已！让言语走吧，让他们走到世界的尽头，这样言语就有事可做，也就不会带来灾祸了。”

广阔的透明房间像一个巨大的空心球，克尼波的话在里面响彻云霄，整个球体内部却依旧井井有条。

轿子上下浮动，精灵们在柔软的丝垫上伸展着身体。在这个中空的球形房间里，没有空间的上下之分，因此精灵们可以看到四面八方宏伟的神庙地域。

在这通往彼岸的透明空间里，精灵们也可以看到柱子、壁龛、长廊和破墙而出的天窗。在这里，精灵们有一种在巨大肥皂泡中飘浮的感觉。

但是，肥皂泡有很多种，克尼波大声说话的那个球体就不配称为肥皂泡。

球壁与球心的距离就像星空一样遥远。

这个空心球也象征着无限。

然后，克尼波又说了一遍：“亲爱的兄弟们！数万亿年前，我们经历了一些我们今天仍能一笑置之的事情。那时，我们想扩大所谓的‘我’，用这个‘我’渗透整个世界，还要渗透世界之外的一切。我们不仅想独立，甚至还想成为包容世界之人，成为万物之灵。在当时的我们看来，世界是多么渺小啊！今天，我们既不认为世界是渺小的，也不认为它是伟大的。但我们或许认为它是非常强大的。如果我们觉得自己现今已经有权对包罗万象的世界做出评判，这真是贻笑大方。因此，我们不再只想尝试与我们的星球一起谱写优美乐章，我们还想与未知的事物美美与共，我们想要继续无欲无求地平静前行。我相信，我们的无意志就是我们最大的力量，尽管这些陈词滥调听上去和神的废墟一样老套。”

奇异的音乐从许多天窗传入了透明的空心球，轿子则在飘向远处的圆花窗。

许多精灵重复着克尼波的话：“我相信，我们的无意志就是我们最大的力量！”

“是的，是的！”克尼波喊道，“当我们没有意志的时候，另一种力量——一种来自外部的意志——就会出现在我们身上。但奇怪的是，尽管如此，我们仍然无法长期抑制对独立的渴望。”

水的旋律萦绕在克尼波耳边，他忘记了自己的讲话。

精灵们穿过圆花窗飘出了空心球体，进入了其他大厅。他们又开始一会儿拐个大圈，一会儿弯弯曲曲地前进。

如此前进了很久之后，精灵们到达了愤怒神殿。

在那里，精灵们的声音立刻变得非常刺耳。克尼波还没说几句话，就意识到了他们语气中的轻蔑，像受害者一样大吃一惊。

愤怒神殿里的一切都染上了怒火。窗户像烧红的眼睛朝下，透明柱子像盘绕的蛇，音乐声如雷贯耳，神像像抓着猎物的野兽。

克尼波不得不再次开口说话。他说话了，声音刺耳而颤抖，仿佛有一个阔别已久的陌生精灵进入了他的体内：“真正的幸福只在于缓慢地、报复性地、背信弃义地摧毁生活在那里的一切。可能存在一些没有生命的物体，我们也许永远无法摧毁它们，因为它们也因没有生命而不朽。这样的感受是我们唯一真正的痛苦之源。”

狂笑声在多边形的愤怒神殿猖獗地回荡。

轿子飞快地旋转了起来，精灵们都被搞得晕头转向。

克尼波大声喊道：“只有毁灭才能促进发展！”

一张神的脸张开了大嘴，用空洞的金属声音说道：“我是这个世界中被压抑的深意，我是不朽的刹那之神。”

精灵们的身体里升起了一种未知的东西，仿佛有一根冰冷的鱼骨刺入了它们的喉咙。他们害怕了。

如今，红色的天窗像一双发光的眼睛，散发着强烈的吸引力，俯视着愤怒神殿棱角分明的内部。

下一刻，一万个精灵都来到了外面。

他们从轿子里飞了出来，落到了一个倾斜光滑的玻璃屋顶上。

在玻璃屋顶上，他们可以俯瞰整个透明的神庙和喷水装置。

轿子不见了。

玻璃屋顶是倾斜的，精灵们慢慢地滑了下来。他们看到另一边有一个巨大的球体，它不像是一个巨大的彩色肥皂泡。几根筒状结构从球体底部延伸开去，其中一个的尽头就是附近的愤怒神殿。精灵们还看到了透明的喷水装置，听到了音乐，虽然现在音乐的旋律已经不再明朗。

精灵们告诉自己，这些透明的、通向中心球体的筒状结构代表着他们乘坐轿子飘过的一排排礼堂。让他们惊讶的是，外面也没有任何神庙居民的痕迹。

精灵们对一切都惊叹不已。他们顺着倾斜光滑的玻璃屋顶越滑越远，到了边缘。

巨大的黑色罩子从天而降，罩住了所有的建筑和喷水装置。罩子爪状的边缘马上抓住了地面。精灵们再也看不到透明世界了。

所有的光线都消失了，音乐也戛然而止。

精灵们继续滑行，但也害怕会摔一个大跟头。

飞奔!

精灵们从玻璃斜顶上向下滑得越来越远。对未知的恐惧在黑暗中吞噬了它们。然后，他们看到远处有白点在发光。

白点渐渐扩大，精灵意识到发光的白色群鸟正在靠近他们。

这些鸟体格巨大，锐爪上还长着发亮的剪子。他们长着一颗蝾螈脑袋，咯咯笑着对精灵们说:“如果你们愿意，现在可以独立了。我们可以用自己发亮的剪子剪断将你们与你们星球相连的丝线。”

精灵们理所当然地喊出:“快！快！快剪断它！”然后，鸟儿们变得异常明亮，发光的丝线也再次出现。鸟儿们迫不及待地将它们剪成了两段。几百把剪刀不约而同地舞动了起来，发出了在大型的理发沙龙里才会听到的声音。

精灵们自由了!

他们欢呼雀跃，立马跃上高空，进入了星体世界。

星体重力消失了，精灵们像迅捷的彗星呼啸进入星体世界，他们更为迅捷。

一切烦恼都消失了。

精灵们自由了。

他们朝着星体世界飞驰，不一会儿就变得跟万亿阵飓风加起来那么快。

精灵们掠过了许多星星，他们甚至都没看清自己到底超过了哪些星星。

精灵们根本没有时间去看清星星的样子。无论星星是棱角分明的、圆形的，还是管状的、盘状的或是漏斗形的，这一切对于自由的世界猎手们来说无关紧要。他们只想感受自由，只想前往适合自己的地方。

他们想去外面最自由的世界，一个没有星体世界的地方。

精灵们飞驰得如此之快，以至于在刹那间，他们左右两侧的星星已经变成光带。

然后，精灵们来到了一个没有任何星星的区域。在此，所有巨大的星体世界都只变成了一个小小的光点，然后光点也消失了。

四周十分昏暗，克尼波被推举为万灵之首。

现在，精灵们相信他们可以从世界的一个角落穿越到另一个。他们告诉克尼波，他必须向他们展示世界的所有奇迹。

克尼波认为，他想先看看世界上所有看不见的奇迹。

但即使是最绝对的自由也有局限性，精灵们无法看到他们看不见的东西。

克尼波建议大家去参观巨大的彩色气体空间。

于是，精灵们再次从黑暗中飞出，再次掠过了无数颗星星。这些星星都是巨大的珊瑚虫，他们正准备将对方的长腿扯下来，而且不断变换着颜色！

但精灵们根本没有时间去欣赏这场闹剧，又飞快地掠过一些其他星星的闹剧，最后，他们的左右两侧又只剩下五颜六色的条纹。这就是野猎的速度。

精灵们心中涌起一股狂野而炽热的幸福感。现在他们终于可以尽情释放了，可以穿过无边无际的世界，沉湎于飞快的穿梭中，一切都向他们敞开了大门。

精灵们来到了气体空间。他们从绿色的空气进入红色的空气，从红色的又进到多彩的，从多彩的又进到白色和黄色的……

但这一切同样发生得太快了。他们在各个气体空间都是浅尝辄止，没有留下任何和气味有关的记忆。

匆忙的世界旅行者不再把自由视为纯粹的幸福。一切都发生得太快了。他们已经开始自问，自己是否真的适合这般自由的生活。对他们来说，行色匆匆已经变成了一种折磨，而自由总是天然地伴随着匆忙。

但克尼波已经有了另一个计划：去了解一下自己不知在哪儿听说过的众神大道，那里有最巨大的雕塑艺术。

他们马上到达了那里，并看到了无与伦比的大雕像。精灵们永远只能看到雕像的一小部分，匆忙的他们根本无法在脑中勾勒出宇宙雕像的轮廓，他们没有那么多时间。

他们也是以迅雷不及掩耳之势经过了这里。或许比所有可能存在的闪电加在一起的速度还要快得多，他们快得连这些神像都变成了光纹。

黄精灵突然喊道：“难道我们不该低估我们的星球吗？”

狂热的匆忙破坏性十足，精美的享受根本无法渗透其中。

他们来到世界上最大的巨人面前。

巨人睡着了，正在打鼾，鼾声听起来像狂风的咆哮。

精灵的眼中只有巨大而陡峭的岩壁。克尼波觉得那是巨人的脚底……整个世界好似成为这一万个精灵手中的一本书，他们可以翻阅，但不能停下来阅读，也不能欣赏任何图片。

克尼波觉得他们需要获得新的感官，才能更好地欣赏这该死的“破烂世界”。

精灵们在六个真空的房间后面获得了新的感官。

但现在一切都比以前发生得更快。他们不知道要如何开始使用新的感官，因为他们还没学会怎么和感官打交道，况且他们也没有时间来训练和适应新的感官了。

到头来，他们还是乐于使用原来的感官。

任何其他的变化也不会让这些完美的精灵更聪明一些了。

在稠绿如油的世界一角，克尼波说：“神的生活是不是太早取代我们的世俗生活了？这般目空一切的生活让我感觉自己又被什么束缚住了。新的故事百无一用且晦涩难懂，它们让我目空一切，甚至我很快就要觉得自己只是块石头。恶魔，夺走这神的生活吧！”

精灵们听到“恶魔”一词的时候怔了一下，但马上所有的精灵都热烈地赞同起来！

没过多久，黄精灵就开始沉醉地谈论起新世界力量工厂。

“我们必须去那里！”他兴奋地叫道，“老糊涂们想当然地认为，半个世界是由重力和其他的力组成的。然而，半个世界比整个世界更难捉摸，这些力量并没有到达那么远的地方。事实应是，难以形容的新力量正在被创造出来，因此我需要留出足够的空间。”

于是，有事业心的精灵们快速穿越了绳子星球和漏斗星球，到达了工厂。

不幸的是，工厂太大了，可怜的精灵们根本不明白自己看到了什么。他们感觉这工厂一部分十分斑驳，又有一部分像是条状的火焰结构……至于其他的，他们再也无法分辨了。

“这就是无法战胜的飞奔！”老精灵喊道。

没有人明白老精灵想说什么，但他继续谈论着所有感觉的短暂性。

一万个精灵突然看到长长的幽灵列车从一个似乎无尽的烟囱旁驶过。他们沉默了，像飓风过后的死寂一样沉默。

“快速旅行太令人疲惫了！”

许多精灵一边叹气，一边大叫。

因为离开工厂后，他们并没有变得聪明。克尼波想要了解造世者。他们生活在十分遥远的无尽之地，没有人在无尽之地的任何方向上找到过尽头。

一万个精灵找到了造世者。他们看到造世者正坐着制造星星。造世者就像伟大的陶匠，至少在精灵们看来是这样。虽然精灵们很清楚自己可能是错的，但这就是造世者留给他们的印象。

热衷于尝试一切的精灵们也想制造星星。

如果他们能创造出一种前所未有的新形状的星星，那么伟大的造世者就会允许他们这样做。

但他们无法创造出新的东西。新的东西太难想了，也不容易被发现。

精灵们逐渐变得愤怒，突然想要摧毁一切。

但自由之门前又有另一道屏障：不能创造新事物的人，也不能破坏任何东西。

“可恶的自由！”愤怒的精灵们大喊。

他们飞越了一个充斥着嘲讽的扭曲世界。在那里，所有都是嘲讽，是一个纯粹的讽刺画区域！

可怕的笑声在这片区域不绝于耳。只有当新的太阳出现时，街区才会恢复平静。

所有精灵都意识到，他们已经变得非常原始，原始到跟那些认为无边的世界只是他们的食物储藏室的怪物一样。

一万个精灵想家了。

他们想在通过下一个符号空间之后，以最短的路线回家。

符号空间对他们来说似乎空空如也，就像是一栋被洗劫一空、正在崩塌的房子。

一只身形魁梧的朱红色蜥蜴从一英里长的窗户里跳出来，挡住了去路，急切地说："别忘了，无论我们把所有星星的总和，还有所有能想到的事物的总和放大到什么程度，对于无尽来说，这都只是一个数学意义上的点。虽然它拥有一切，却没有维度。"

朱红色的蜥蜴爆裂开来，化作一片火雨升腾而起。

精灵们觉得自己还没有准备好获得自由。

他们无法忍受自由的生活。

他们匆忙地跑了回去，经过了世界上所有的区域，回到了那个小角落，回到了那个曾经有星球与这一万个精灵相连的地方。

在还没看到远处的星球时，精灵们的眼前又变得十分明亮。在许久之后，他们又一次看到了蜘蛛丝线。每个精灵的丝线都绷得很紧，平行地延伸到星球上。

白鸟的剪刀显然不够锋利。

蝾螈脑袋的巨鸟从灰色的云层中俯视看精灵们，咧开嘴笑了。

一万个精灵们再次感受到肩上昔日的星体重力。

回到家的他们终于松了一口气，仿佛得到了拯救。

胜利!

与星星分离已久的精灵们又回归了它们的怀抱。他们重新踏上了熟悉的土地，十分高兴。

但是，迎接他们的是如雷鸣般的炮声。

那喜欢像蝾螈一样四处爬行的黑仆来迎接精灵了，并邀请他们通过为了迎接他们而建的荣誉之门。

发现自己在不同的星球上都受到了如此隆重的迎接，精灵们感到十分尴尬。

炮声隆隆不断，震耳欲聋。

黑仆张着蝾螈嘴喊道:“胜利！胜利!”

几个精灵问炮声意味着什么。

黑仆张着蝾螈嘴回答道：“我们认为长途跋涉可能会使

蠕虫精灵先生们的神经过度紧张，只有雷鸣般的炮声才会是有效的问候。”

雷鸣般的炮声与蝶螈嘴里喊出的“胜利！胜利！”一道传入了精灵们的耳朵里。

这种接待方式真的令人感到尴尬。

但他们平静地接受了这有点儿可疑的欢呼，并为自己终于回家而感到高兴。家里发生了很多变化，但最主要的东西似乎没有改变。

只有克尼波对炮声和胜利的叫喊声感到气愤不已！

他是星球上唯一想要逃离的精灵。与其说是为了自由，不如说是为了赶时髦。而现在却不得不忍受这样的接待！

他对黑仆说：“先生们！虽然我有幸参与其中，但我一直都不明白，为何这闹哄哄的场面需要上演。我必须对您此刻在最后希望给予我的荣誉，表示最谦卑的反感，因为我什么也没征服、什么也没得到，所以你们不应把我当作归来的英雄来庆祝。这是名副其实的嘲弄！”

“什么？”黑仆叫道，“您没有从长途跋涉中受益？您真是个难以想象的大傻瓜啊，克尼波先生！您还记得那些白鸟吗，还记得我们为您爬上的梯子吗，还记得那些头被天空碎片击中的长腿精灵吗？还有其他所有的经历，它们都在您身上留下深刻的烙印，这难道不会有助于您积极地成长吗？您没有从中受益吗？还有，克尼波先生，难道您现在不是已经用完全不同的眼光来看待世界了吗？您认真看看周围吧！”

克尼波是个诚实的人，他记住了一切。环顾四周，他看到自己的星空完全变了样，到处都是塔楼、围墙和栏杆造型的建筑。

克尼波觉得自己也完全变了。他的想法变了，因为他的记忆变了。

过了一会儿，克尼波结结巴巴地说：“请原谅我！我要跟您解释，我总是指责自己的命运，这真是大错特错！我所经历的一切成长，给我留下了深刻的印象。许多过去只是道听途说的事情，我都有血有肉地亲身经历过了一遍。当然，最后这句话只是象征意义上的。”

仆人们说：“您看，这样您将来就可以成为我们这颗星球上有价值的发展要素了，甚至您现在都可以起到推动发展的作用了。只要您冷静地思考自己的经历，就会理解我们的快乐和诚挚，并且会想和我们一起更好地建设母星。我们都是它的仆人，只有努力培养过独立性的人，才能为母星所用。”

克尼波静静地站着，凝视了黑仆良久。仆人们鞠着躬，其中一个人礼貌地问道：“克尼波先生想要被当作神来崇拜吗？我们都很乐意将您当作神来崇敬。如果能像敬仰神灵一样敬仰您，生活在这颗星星上却又看不到我们的人们也会非常高兴的。我们星星上的居民比以往任何时候都更渴望有一个新的神灵。”

克尼波简短地回答道：“感谢您的好意，但我必须拒绝扮演自己今天或明天都无法完成的角色。”

他轻松地转过身去，像终于战胜了最危险的情感一般。

当雷鸣般的炮声继续响起时，克尼波慢慢地爬上了下一座塔楼。他略感疲惫地倒在了塔楼上第一把，也是最好的一把王座上。

他坐在王座上，思考着应如何促进母星的发展。

其他经历了长途跋涉的精灵们也在思考着类似的问题。

但是，万亿个出发去征服神祇冠冕的精灵中，只有极少数回来了。

克尼波回想着漫长的旅程，整理着自己的记忆。

与克尼波此前朝夕相处的其他精灵也在做着类似的事情。

芙洛拉·莫尔

——一则关于玻璃花的故事

第一章

米卡穆拉部长将牙签扔进自己的大花园，并把所有的仆人都叫到了一起。他们集会时，太阳正从东边的太平洋上升起，冯·明希豪森男爵的汽车紧接着驶入了米卡穆拉的大花园。

那是公元1905年11月18日——米卡穆拉邀请了所有当地民众来听冯·明希豪森男爵的报告。客人们在宽大的屋顶露台上等待。从那里向东望，可以看到太平洋和太阳。日本妇女们都穿着五颜六色的和服，男人们则头顶大礼帽，身着燕尾服。

“为什么只有女士们穿着民族服装呢?”男爵问道。陪同他的克拉丽莎·冯·拉宾斯坦伯爵夫人却马上说:“明希！别说废话！你应该聊聊韦勒先生在墨尔本的故事!”

整个露台都撑开了黄色的帆布。部长的客人们纷纷向男爵问好，并诧异于他的好气色。虽然已经一百八十岁，男爵依旧容光焕发。

“人怎能如此惊人地长寿?”部长的妻子问道。

克拉丽莎·冯·拉宾斯坦伯爵夫人答道:“若人能一直努力保持良好的精神状态，那么他就可以一天天变老。”

男爵坐在一张美国桃花心木的椅子上。日本女士们在铺着榻榻米的地板上围成半圆就座，穿着燕尾服的男士们则在后方的白漆椅子上坐下，也围成了个半圆。所有听众都能看到大海，男爵背对大海而坐。克拉丽莎伯爵夫人穿着日本礼服，以日本的方式与女士们坐在一起。

男爵讲述道:“去年我在墨尔本参加大型展览时，还拜访了我的老朋友威廉·韦勒先生。虽然他比我年轻了一百多岁，但也已不算是最年轻的人了。韦勒在墨尔本周边地区坐拥许多宫殿式建筑，在那里生产玻璃花，并在精美的礼堂中展出。从外观上看，这些建筑犹如一个大型植物园，其露天区域种植了诸多自然花卉;而在这些宫殿的内部，却只有玻璃制成的花朵和玻璃制成的水果。我听说了许多与此相关的故事，也感到非常好奇。

“忧郁又庄严的朦胧光线充斥着门厅——一个圆形的大厅。人们仿佛置身于一座古老的教堂，在此，听不到外面的声音，且必须穿上毛毡拖鞋，走在深紫色、非常厚实且柔软、没有任何花纹的地毯上。在圆厅的中间，三朵巨大的玻璃百合花从地板上生长出来。

“但是，当我说‘百合花’时，我只是用了个词来给想象提供大概的方向。韦勒绝不想让自己的玻璃花成为自然花的模仿品，没有什么比这更偏离他的想法。

“这些百合花有着雪白的茎，有点儿像我们冬天在窗玻璃上看到的冰花。茎上长着许多拳头般大小的球状突起和手臂粗的枝丫。枝丫上开着柠檬黄的锥状花，长长的耀眼珠光花蕊从中伸出，呈螺旋状或是相当不规则的扭曲和缠绕状。柠檬黄的花朵有数米长，且不止三朵，但地上只长出了三根拳头般粗细的茎。房间地板的中间比其他地方高，所以人们无法接近这些花朵。

“接着，女士们、先生们，请务必想象一下圆厅的围墙，紧绷的黑色墙面上布满了藤蔓，藤蔓的枝杈呈不透明的白色，蓝的、红的、绿的透明多簇花朵缀于其间。墙上的花朵都小小的，只有少数有手这么大。这些玻璃花和自然界的花没有任何相同之处。

“当我第一次置身于这大厅中时，我驻足惊叹了足足半小时。光线从穹顶上投射下来，映衬出白色不透明穹顶上的黑色线条装饰。之后威廉先生过来与我打了招呼。

“‘明希啊！’威廉立刻叫道，‘别显得这么严肃。你要尽快习惯这种事情。快到这个实验厅来，我要带你看看这个人

造冰湖，它可比这老掉牙的圆厅有趣多了。’

“之后威廉带我进到了他的实验厅。我自然而然地以为那里会一团糟，想到了诸如工作室氛围的场景，但那里只是非常昏暗。

“但随后整个地板变得非常明亮，我发觉自己站到一大块玻璃地板上。奇幻的玻璃花从地下深处透过地板呈现在了我们眼前。

“‘人造冰！’威廉说道。

“墙壁和天花板都是由钟乳石构成的洞穴。我的老朋友在我的胳膊下塞了两根厚厚的绳子，两端由仆人固定在墙壁上。靠着这两根绳子，我得以继续在玻璃地板上继续前行，旁边是同样由绳子支撑着的我的朋友。与此同时，我们一同望向深处。

“哦，女士们、先生们，我在那儿靠着绳子支撑所看到的，可不是三言两语就能描述清楚的。我在望向一个色彩缤纷的、由花朵和水果组成的奇幻世界。每当我穿着毡鞋向前缓慢地滑动一步，脚下彩色的世界也随即变换。

“韦勒先生接着说了一连串话。

“‘你不会相信’他说，‘下面的一切其实都是静止不动的。我每天都让人将下面重新布置，这样我就能每天看到不一样的景色了。每朵花在靠近冰面的时候截然不同，在更深的地方也是。另外，人造冰面上多处有放大镜，也有不那么厚的玻璃，还有硕大的空洞和凹陷。因此，下面的玻璃花世界才这般美轮美奂。若我现在下令，让下面的花突然旋转起来，你就能欣赏到一流的万花筒效果。看着吧！'

"之后发生了如他所言的一切。

"您现在可以想象一下这个场景。您可以尽情地发挥自己的想象力，因为无论如何都不会超过现实。

"当然，我无法长时间忍受这种颜色、形状和火花的魔力。

"我的朋友发现我快受不住了，随即下令将下面的一切调暗，我这才缓过劲儿来。你们真的要相信我说的。

"接着我们在一个巨大的水果厅里共同享用了早餐。这个房间让我想起《一千零一夜》中的童话故事：这些水果并不是简单地由红绿宝石构成，韦勒的水果虽然颜色并不如宝石般闪耀，但看起来更加美味。

"韦勒试图使自己的水果超越球形，并给予了它们球形之外各式各样的形状；同时，他也抛弃了晶体的形态，以避免让人想起宝石。

"人造水果的内里比外表更有趣。

"它闪烁的**颜色**难以描述。玻璃产生的颜色比其他的颜色都要绚丽得多；一个色彩爱好者自然会成为玻璃的狂热者。

"亲爱的威廉·韦勒亦是如此，玻璃绘画将他引向了玻璃花朵和玻璃水果。

"但早餐时并不只有我们两人，一位年轻的女士一直陪伴着我们。但如果你认为这位女士对我们非常友好，那你就大错特错了。

"韦勒这样介绍这位女士：

"'男爵先生，我很荣幸能向您介绍我的侄孙女，来自格劳登茨的芙洛拉·莫尔小姐。如果您认为这位小姐非常喜欢我的宫殿，那您就想错了。'

"'亲爱的舅公，'芙洛拉小姐接话道，'我不能假扮成另一个自己。自然的花比您的人造花更使我快乐。'

"'您瞧瞧，'我的老朋友笑着叫道，'我没说错吧！这就是一种诚实的天性。① 她很适合这里。我亲爱的明希，我跟你说，她很适合这里！就如量体裁衣那般。哦，我多么欣赏这样的反差啊！'

"他的原话就是如此。我的记忆力非常好，不然我也不能讲出这么多故事来。威廉在高兴的时候，总是对我一会儿用'您'，一会儿用'你'。

"我对他的兴奋却不为所动，我更好奇这位侄孙女到底

① 译者注：德语中天性和自然均为 Natur 一词。

是怎么进入这些玻璃花宫殿的。于是我便向她提问，她说：“‘我是我舅公的侄孙女。’

“当然这个答案没让我显得更聪明。

“芙洛拉·莫尔小姐似乎对我不太感兴趣，于是我在早餐后和亲爱的威廉再次对坐时问他，这位女士为什么会跟他在一起。

“‘哈’，他笑着叫道，‘她想要我的钱呗！’

“‘那就给她，’我答道，‘那样你就摆脱她了。如果她不喜欢这些玻璃花，她在这儿也帮不上什么忙。’“威廉说：‘亲爱的明希啊，恐怕我并不如你想的那般好心肠。我才不会给总是在所有人面前保证真花比玻璃花好看的侄孙女钱呢！’

“这般我自然也无法反驳了，但我认为这背后一定还有另外的原因，于是我下定决心要接近这谜团。

“我看我们现在差不多该喝杯晨间咖啡休息一下了，休息完我再接着给你们讲之后的故事。”

说完男爵停止了讲述。男人们笑了起来，女士们解释说他们现在也变得跟男爵一样好奇了。

然后大家边喝着咖啡，边眺望太平洋的蓝色潮汐。太阳缓缓升高。

第二章

喝完咖啡，明希豪森男爵继续讲起了自己的故事。

“韦勒先生，”男爵说，“之后让他的侄孙女给我展示精美的玻璃花圃。女士们、先生们，现在请想象一下这些花坛。请想象威尼斯的装饰玻璃杯，最精美的那种。但杯中的金粉必须倒空，因为韦勒先生不喜欢金子。他宣称所有的黄金都是无用的、没有美感的金属。我也觉得用来买奶酪的金属不应该被用在艺术作品之上。它到处制造斑驳，且不可否认的是，一朵娇小的毛茛都有比这易货用的垃圾物品更精致的黄色。你们大都会同意我的看法。

“与此同时，你们也不要想到威尼斯的海马[①]，只要想想在玻璃中看到的所有颜色。当然，韦勒也使用了大量的珐琅，特别是在花朵上。

“还有一点：永远不要忘记，韦勒从不模仿自然界的花朵，他从来都把一切做得和自然有别。长着长长螺旋形花蕊的风铃草尤其引人注目。花的内部有各种形状的花盆，花的表面常布有镂空的图案，由红宝石、金银丝和磨砂玻璃组成。

“韦勒并没有把他的花圃——其中许多直径要两到三

---

① 译者注：意大利威尼斯特有的船只贡多拉（Gondel）的尾部常有海马形状的金属装饰物“里索”（Risso）。

米——全部放置在平面上，而是把许多都挂在墙上或是悬于天花板下。

“地板为了这些花圃也设计成了倾斜的。

“自然界中的花圃常由多块精心修剪的草坪环绕，韦勒也想好了这种草坪的替代品。

“他大多使用白色或彩色的棉絮，与玻璃形成鲜明的对比。墙面上除了天鹅绒，还有许多锦缎，韦勒先生也避免在锦缎中出现金色。

“还有会移动的花圃，有紧绷在绞线上的娇兰，当然还有挂在链条上的花圃。

“一些大厅还配有带悬臂拱门的露台，许多露台也被玻璃花填满。

“有一个厅里，他用精细的海沙代替了草坪。

“蘑菇和海绵也很适合用来环绕花圃。

“所有的壮美景观都由芙洛拉·莫尔小姐带我参观，我永远无法忘记她的表情。

“向我展示这些奢华的颜色和形状，显然令她感到十分痛苦。虽然我已经大概明白她为何如此，但我觉得这背后还有故事。

“我礼貌地问道：‘亲爱的小姐，您非常喜爱自然之花，对吗？’

"'是的!'她答道。

"我继续问:'所以您反感这些玻璃花,对吗?'

"我获得了如下的回答:

"'什么?'她喊道,'您把我对这些一无是处的玻璃的感受称为反感?不,这并不是用来正确描述我的憎恶的词。男爵先生,我是一个受过教育的人,我在格劳登茨上过学,会说几乎所有现代语言。如果您认为这些小玩意儿能给我留下任何印象的话,您可就大错特错了。这里有生命吗?这些小玩意儿不就是死的吗?您能否认它们不是死的吗?还有,在这儿看到的不总是同样的东西吗?总是只有颜色!总是只有形状!这些小把戏或许能给野蛮人带来点儿乐子,但给一个受过教育的人,一个在格劳登茨上过学,会说几乎所有现代语言的人,就不行了。'

"女士们,我看到你们现在都睁大了眼睛。但芙洛拉·莫尔小姐就是这样说的,我逐字复述了她的原话。我的记忆力比我的年龄更值得钦佩。

"我自然被这位年轻女士坦白的表达方式吓了一跳。接着我胆怯地说道:'亲爱的小姐,您不觉得自己对这些玻璃花的反感,会让您敬爱的舅公非常生气吗?'

"'哦,'她激动地喊道,'您是觉得这背后有什么故事吗?您是觉得我爱自己的舅公吧!您想错了。我爱我的未婚夫，他是格劳登茨的一名锁匠。别的人我都不爱，就是这样。然后，诚实对我来说是最重要的。无论我在哪儿，都要自由地、直截了当地表达观点。如果我的观点会冒犯他人，我也无能为力，自然和诚实对我来说比什么都重要。’

“话毕，我默默地对自己说，这样就没人会听到：

“现在我终于听到背后的故事了。我多么幸运啊！除了这位小姐不爱我。

“很幸运，在格劳登茨还有这样一位锁匠！韦勒也可以称得上有幸，他没被这位诚实的女孩爱上——人总是根本不知道自己有多好。但无论如何，人没有给予自然和诚实足够的尊重。我继续大声地说：‘亲爱的小姐，那我就不理解了，您为什么不在格劳登茨，而还留在墨尔本呢？请原谅我这样问，这真的不关我的事。’

“‘哦，’年轻的女士一边回答，一边在一片绿宝石郁金香花圃前停了下来，‘您不需要道歉。我不会隐瞒任何事情，也从不吝啬言语。我的未婚夫想在我们结婚的时候开店定居，因此他需要点儿钱。所以我在这儿和舅公一起，我求他给我和埃尔文一万塔勒——我的未婚夫叫埃尔文·克鲁格。’

“‘然后，’我继续问，‘舅公这么笔小钱都不愿意给您吗？’

“‘没错，’她回答，‘就是这样！我对他的玻璃花不感兴趣，他就把我留在了这里。他在这些蠢东西上浪费了不知道多少钱，每个花圃都要好几千。而他就是不愿意给我点儿钱让埃尔文开店。当我尖锐地指责他在铺张浪费时，他说我是个**多管闲事的女人**。要不是埃尔文真的很需要这笔钱，我早就离开这儿了。'

"'请告诉我，亲爱的小姐，'我打断道，'为什么不向您舅公要一个这样的玻璃花圃，然后再把它卖了。您只需要说自己对这绿宝石郁金香花圃感兴趣，那么您的舅公就会非常高兴，然后把这个小东西送给您。这样您就可以有一万塔勒了。'

"这位女士非常认真地盯着我，以无比自豪的语气说道：'我说过了，诚实是我的天性，我从不说谎！您现在听懂了吗？'

"'我——'我结巴地说，'听——懂——了！我也从不撒谎。'

"之后，我们有趣的对话便告一段落。仆人们来再次邀请我们前往一个大宴会厅。

"如果我现在可以像芙洛拉·莫尔小姐那般诚实的话，我会希望现在也能有些仆人带着点儿吃的东西进来了。"

所有人听完这些话都大笑了起来。米卡穆拉部长的夫人挥手示意了一下，仆人们就带来了一小份早餐。明希豪森男爵用最礼貌的话语表示了感谢。

第三章

早餐后，男爵继续讲着："之后，我的朋友威廉邀请我去乘船旅行，我自然很高兴，并请芙洛拉小姐留在家里。

"'在家？'威廉说道，'我们当然在家。您难道觉得我没有一个能乘船的厅吗？我还没这么穷。芙洛拉可以自顾自地在外面公园欣赏玫瑰和百合，她不用总跟在我们身边。'

"接着，我们进到一个教堂般大小的房间。房间的墙壁——是的，这真的很难描述——房间的墙壁上拴着各种粗细的绳索，都绷得很紧，在各个方向上盘桓交错，像织就了一张古老的蜘蛛网。所有的绳索都是灰色的，很难不让人想到蜘蛛网。它们构成了一幅奇妙的镂空图案，遮盖了后方真正的墙壁。到处都只是纠缠在一起的、紧绷的绳索。卵形大厅的天花板也被灰色的绳索覆盖，它们呈蛋壳状向上延伸，不露出任何空隙。这里也没有任何的窗户，空气通过排气窗进入此处。十二朵色彩异常鲜艳的睡莲漂浮在水面上——睡莲，然后它们突然开始发出彩色的光芒，绳索也随即呈现出色彩。

"您一定想问了，这些光是从哪儿来的呢？其实这非常简单：几个仆人在四米高的杆子上扛着大型白色灯球。当睡莲开始发光时，灯球就会被熄灭。

"我们坐在一艘船上，仆人们消失了，水面上变得异常安静。睡莲射出彩色的光束，就像彩色的大灯一样。

“女士们、先生们，您一定会觉得，我在这梦幻般的静谧湖面上会想起芙洛拉。您完全想错了，我把芙洛拉完全忘了，虽然我有个好记性。

“我接下来所经历的事情，使我将这位与玻璃为敌的女士推向了记忆更深处。

“威廉请我往湖的深处看看。在那里，我看到彩色的花朵缓慢地生长着。它们从水中生出，熠熠生辉，即使在湖的深处也闪烁着光芒。

“韦勒先生兴奋地说：‘你看，那儿有一朵正在生长的花——怎么长的，你快看它们是怎么长的。芙洛拉还总说我的玻璃花是死的，一直是死的。这真是种侮辱！于我而言，我的花才不是死的。你看到它们精致的花萼是如何绽开的吗？你看到它们的花蕊是怎么变大的吗？你看到这些巨大的蓝宝石花叶是怎么慢慢地打开的吗？所有这一切背后都是一个精妙的机械装置。你再看，这些玻璃叶片都湿漉漉的，上面的水滴在彩色光线下闪烁！哦，即便如此，那个芙洛拉还说它们只是没有血色的幽灵。她只是想结婚罢了。于她，这里是一个影子世界；就冥府而言，已经很完美！一个美丽的冥府！然后她还总说，这里的一切都那么空洞！她觉得到处都缺少了血肉。说得好像玫瑰和紫罗兰也有血有肉一样！’

“之后，我的朋友又变得非常柔和，谈了许多自己的玻璃梦想是如何产生的。如果我把这些都给您娓娓道来，今天一天都讲不完。

“玻璃花跃出静止的水面，越长越高、越长越多。我们非常小心地行驶在这些发光的奇迹之花之间。

“但当亲爱的威廉又开始谈论自己亲爱的芙洛拉时，我非常生气地对他说：‘亲爱的威廉，别管芙洛拉了，别搅了我的好兴致。你就给她一万塔勒，那样她也终于能和那个锁匠结婚，也给我们个清静了。’

“‘这我完全没想到。’威廉答道，‘她在说三道四的时候，也不自觉地帮我做了最好的广告。我在等一个印度富豪，而她得教会他对我的花花世界持有品位和热情，这样他就会花两百万买下它。’

“‘原来如此！’我笑着叫道，‘原来你想要借芙洛拉之手挑起矛盾。我还差点儿以为你根本拿不出这一万塔勒呢。’

“‘别说笑了！’威廉轻声说道，‘事情还没那么糟。但你可以相信我的宫殿是花了大价钱的。’

“‘我完全相信！’我答道。”

讲完，男爵转向女主人，微笑着说：“亲爱的夫人，我们能不能坐到您新的旋转木马上？天太热，在空中行驶能很好地降温。”

“同意！”穆拉部长应声答道，并把香烟和雪茄递给大家。所有人都抽着烟，登上了旋转木马。

这个旋转木马和其他的都不一样。一个五十米长的铁臂将承载着所有人的平台举到空中。

接着，整个平台以优美的曲线掠过海面。烟雾记录了这些曲线。在夏日空中的行程让人神清气爽，太平洋静谧的蓝色海水也一览无余。

第四章

当大家都回到屋顶露台安静坐下后，男爵继续讲起他的故事：“第二天，那位印度大富豪也来了。他有双黑色的大眼睛，从中你可以立马判断出他热情与否。自然，我的朋友威廉马上安排了他和芙洛拉小姐见面。

“威廉带着他们两人和我一起登上了他的塔楼大观景台，这幢五层楼高的塔楼缓缓旋转着。我们四人围坐在一楼小房间的圆桌旁，从舒适的沙发椅上向外眺望。在我们面前由花构成的冬日景色缓缓展开，它们看上去和冰花没什么两样，显然是说那种巨大的冰花。玻璃的刚硬在这里显得非常自然。

“芙洛拉小姐平静地承认，这些奇妙的冰花看起来非常自然。它们当然有着奇怪的形状，都是白色和灰色的。威廉看着我，我察觉到了他的不安。富豪沉默地坐着，用自己的大眼睛全神贯注地盯着那些灰色和白色的树枝。

“‘你从来没这样过，’威廉对自己的侄孙女说，‘这样保守地表达自己的观点。’

“‘但我也不需要，’她答道，‘一直重复做自己。’

“‘您不觉得，’富豪问道，‘这个奇妙的冰雪世界非常美好吗？’

“‘这的确，’她说，‘但当我想到这样一个装置的成本时，在这里浪费了大量时间和金钱的事实就无法再被掩饰了。这样的景观在冬天的德国会更便宜。’

“‘但绝不会——’现在是富豪两眼发光地喊道，‘是**这样的**。难道您没有看到灰色树干和树枝构建的奇妙结构吗？难道您没有看到所有白色的东西都如花一般吗？还有，那千奇百怪的茎状物！那里是紧绷着的，这里却光芒四射！哦——自然界才不会有这样的东西。如果您声称自己在德国见过类似的东西，那您一定是在做梦。’

“‘我是一个务实的人，也并不怎么做梦！’芙洛拉说道。

“此时，威廉高兴地搓着手，引导我们沿着陡峭的螺旋式楼梯上到了二楼。

“我们如在一楼时那样就座，开始欣赏光影之戏，这是一个所有效果都服务于影子的玻璃花世界。光线有时从上面投来，有时从下面，然后又从另一边或者后面投来。

“所有的色彩都非常柔和，没什么花里胡哨的东西，大多数情况下只有影子十分华丽。富豪问芙洛拉是否在德国曾经看过这样的景象。

“‘我有，’芙洛拉说，‘我看过傍晚森林的影子，这里的影子没有它们多变。’

然后贵族就生气了，保持着沉默，但越来越认真地欣赏着路过的花朵和它们的影子。

“三楼起初非常黑暗，然后我们在漆黑中看到了荧光闪闪的花朵。这令人不安，就像灵异现象一样，有一点儿吓人。

“芙洛拉小姐沉默不语，富豪抽着烟。

“‘我想——’威廉说，‘展现一下花的灵魂，制造灵魂之花。我也的确是自然花卉的深度爱好者。’

“‘那我就不理解了，’芙洛拉喊道，‘你为什么会如此沉湎于这般铺张之中呢？你毕竟不能用物质手段来制造精神啊。’

“接着出现了一些由盖斯勒管组成的花，富豪心醉神迷，他突然捂住了耳朵并为此道歉。

“‘如果，’他说，‘我还要听你们说话，那我就不能认真欣赏了。’

“我们如鼠般静默良久，让灵魂之花缓缓从我们身旁经过。

“我们在四楼看到了玻璃中枯萎的花朵。

“‘哦，’富豪叫道，‘我们在这儿看到了死亡的诗意。’

“‘但那儿看起来……’我说，‘就像是有什么死了。所有华丽的形式都不存在于垂死的自然之中。’

“‘不管怎样，’芙洛拉说，‘如果舅公在他的玻璃花中描绘出了死亡的自然，那也是非常不错的。反正他永远不能用玻璃的故事来创造出生命的印象。’

“‘您也可以诅咒所有的艺术。’男爵缓缓说道，‘油画和大理石也永远无法带来生命。’

“芙洛拉·莫尔小姐显得有些不知所措，开始语无伦次了起来。

“韦勒意味深长地点了点头。接着我们一路爬到最上面的五楼，看到了最鲜活、华丽的春色。那里有许多难以名状的彩色花蕾。

“然后韦勒按了个按钮，又出现了其他形状和颜色的花蕾。

“‘好吧，’韦勒笑着说，‘这华丽的春景是否有生命呢?’

“他又按了一次那个按钮，我们看到完全不一样的一块块花田。

“芙洛拉说：‘那只是反复出现的形状和颜色，别无他物

了。它们没有**灵魂**!’

“‘哼!’威廉说,‘你的确不想重复自己呢。’

“‘这里是否有灵魂,这的确还有疑问。’富豪说。

“现在,我的朋友调来了更多具有放大功能的玻璃片当作花朵。这样,画面就突然发生了变化。富豪为此激动地跳了起来。

“事后当我和威廉独处时,他说:‘那个芙洛拉也有一点儿道理。我承认,一直只有形状和颜色反复出现。但是如果人总想马上发现自然的核心,这是不是有点儿苛求了呢?’

“我不得不说‘是’,并安慰道:‘别忘了,我们其实根本不知道自然的核心到底是什么。’

“‘而且,’我的朋友满意地感叹道,‘我当然知道芙洛拉的魂一直藏在她那位锁匠身上呢。’”

之后,人们都前往参加午宴。女士们跟男爵说,她们觉得芙洛拉是一种不可思议的生物。

“但这样的生物,”男爵说,“在欧洲就能找到。”

“多么神奇的一片土地啊!”日本女人们异口同声地感叹道。

第五章

午宴后，男爵继续讲："然后又过了一周，富豪这边的事没有任何进展。

"芙洛拉小姐为自然和诚实的权利据理力争，而富豪总是与她意见相左。但即使有时他们的意见针锋相对，两人也没有起任何的冲突。韦勒则津津有味地享受着这样的冲突。富豪怀着越来越大的热情走入并研究每一片花圃和每一朵花，他能在个别作品前坐上好几个小时。但他还是什么都没买。

"他只是一直重复：'韦勒先生！我真的只追求最好的东西！我只想要最好的！请原谅我还没能下定决心。我得在方方面面思虑周全。我是想要最好的——只要最好的。'

"韦勒变得有些紧张，我费了好大劲儿才让他平复下来。

"'那个芙洛拉，'他说，'之前判断力比现在要好得多。她现在很迟钝。亲爱的明希，你能不能让她知道，我可能很快就能给她期待已久的钱?'

"'不行，'我说道，'你这样是在胡闹。她必须时刻挑起和那个富豪之间的矛盾。如果我告诉她，她马上就要拿到想要的了，那她会变得跟鸽子一样温柔，不会再刺激富豪了。'

"'如果她知道我们如何利用她的话!'韦勒说。

"我俩都心领神会地笑了起来。

“当我和威廉单独在一起时，我们习惯去一间他的私人陈列室，那里只放了几朵最出众的玻璃花。

“‘你不会相信，’威廉说，‘为了给我的玻璃花注入所谓的灵魂，我费了多大力气。你看，像马卡特[①]这种只画鲜花的花卉绘画家，都能从大众那里获得‘为花赋予灵魂之人’这样的盛誉。而我这种提供了新的形式和颜色，创造了新的花卉的人呢？却被认为是在毁灭一切有灵魂的生命。别说了！就是这样的！这就是习惯！就好像我对大自然中有生命的鲜花没有足够的热情那般！我只是想提供另一种可能！我根本不在乎这另一种可能是否比已知的更好，只要它是另外的就行！’

“我又得好好安慰一下可怜的威廉。

“‘你冷静点儿，’我说，‘富豪和我跟你亲爱的芙洛拉不一样，我们都见证了你在这些花圃里种下了多少情感。这些情感是鲜活的，也渗透到我们之中，就像音乐也能进入我们之中一样。’

“‘你必须跟富豪，’威廉说，‘还有芙洛拉一起到我巨大的花园迷宫里去逛逛。你还不认识那里，那是一片玻璃的原始森林，是我最拿得出手的。它既是一片原始森林，也是一

① 汉斯·马卡特（Hans Makart，1840—1884），19 世纪末的奥地利学院派画家。

座迷宫。’

“我自然是马上准备好进入这座迷宫了。

“但女士们、先生们，我不得不承认，午宴后我总是感到疲倦，所以我建议大家解散一会儿，都去享受一个午觉。”

所有人都同意了。日本人带着他们的夫人兴奋地说：“我们太不能理解这位芙洛拉·莫尔了。我们都觉得韦勒的宫殿是对花卉世界最崇高的称赞。我们根本难出其右，就是这样。芙洛拉怎么就不明白这点呢?”

大家你一言、我一语地聊了起来。在此期间，明希豪森和克拉丽莎被带到了一个幽静的兰花厅中。在那儿他们可以隔绝外面的干扰，躺在软垫上休息。

明希点了根粗雪茄，边喝水，边问克拉丽莎：“你觉得这些日本人怎么样?”

“我觉得他们蛮讨人喜欢的，”伯爵夫人答道，“非常可爱，也很亲切。当然，没人理解我们讲述的要点。我竭尽全力地跟他们解释，一再告诉他们韦勒的玻璃花不是寻常的花，是与众不同的、前所未闻的，超越了我们见过的所有兰花。但他们只是觉得这花妙不可言，然后继续一味地夸赞自己种的兰花。这甚至让我怀疑他们是故意把我们送到兰花厅里来的，为了让我们意识到无论韦勒的花如何妙不可言，兰花始终是无可取代的。正如我所说，不可能一切都非常可爱、令人愉快和舒适。但要紧的还是我们又一次没被理解。我们还是得感谢他们都这么认真地听你讲了故事。啊，我都担心我们又要像上次在欧洲那样大获成功了。这些新鲜的事物对人类来说还是太超前了，一直介绍新事物也有点儿累。令人遗憾的还是韦勒先生不让人给他的花拍照片。他到底为什么这样做呢?”

“诶，亲爱的克拉丽莎，”男爵笑着说，“韦勒真的想把他的玻璃花卖掉，因此所有感兴趣的人就应该去墨尔本。”

“要我说，明希，”伯爵夫人接话道，“我其实不太喜欢这种商业考量。”

“我也是，”明希答道，“但大多数人还是只在乎自己能买什么和付多少钱。”

随后，兰花厅陷入了一片沉寂，男爵把雪茄架在了一旁。

第六章

所有人都回到屋顶露台之后，老男爵接着讲了下去:“第二天一大早，我就和富豪与芙洛拉小姐一道前往韦勒的大迷宫。芙洛拉小姐认识这里，我非但不认识，还得扮演导游。这里大部分的照明由电力提供，间或有几缕晨光从上面漏进来。

“女士们、先生们，请想象一间偌大的棕榈树屋。所有的棕榈树都由大量的玻璃制成。最坚硬的铁制结构支撑起了这些棕榈树，当然，它们只是长得有点儿像棕榈树。铁制结构四面都被玻璃覆盖，以至于很难注意到它们的存在。

“无论我们走到哪儿，地上都铺着块纯灰的地毯，上面有长长的灰线，我们仿佛正行走在一片没被修剪得太短的灰色草坪上。它踩上去十分柔软，走在上面都不需要穿毛毡拖鞋。

“在下方，有许多像苔藓一般的玻璃花、大团的葡萄，还有颗颗都有南瓜般大的浆果。

“我们周围则是移动的镜面墙。它们不停地缓慢移动位置。因此，当人回到原地，也认不出来这地方。

“这是个迷宫，因此导游得在前面带路。对我来说，这并不是件容易的事。因为我永远无法告诉富豪，这个地方我们之前来过了没有。

“然后我们还总是在上上下下地走楼梯，穿过一个长长的隧道后，突然遇到一个大坑。这些大坑里面的珊瑚状植物也随着镜像效果而不停地变换。所以当人再次走过的时候，根本认不出来什么东西。

“富豪很喜欢这片人造原始森林。在一个用不朽的玻璃花环装饰的巨大人造山洞里，亲爱的芙洛拉说：‘我其实觉得真的原始森林要胜过这里千万倍。’

“富豪笑着说：‘尊敬的小姐，我觉得我比您更认识原始森林。原始森林可是非常气势恢宏的。谁会否认这点呢？但为什么我要把这个迷宫和真正的原始森林进行比较呢？没什么东西可以去比较，这里是跟原始森林不一样的地方，这片迷宫提供了不一样的、新的事物，它充实了我们。还有，虽然我的物质财富已经如此富足，我还是欣然接纳了这种充实感。亲爱的小姐，您难道内心世界真的如此富足，都容不下任何补充了吗？’

“然后芙洛拉又开始讲起自己的那套陈词滥调，就像一台老旧管风琴那般：‘我站在自然的那边，享受令人心旷神怡之物。我反对没有生命的、冰冷空洞的玻璃制品。’

“‘亲爱的小姐，’富豪又笑着说，‘我只想找到这里最好的东西。我只想买这里最好的东西。但当我想到这里一切精美的摆设，然后再想到您的样子时，我觉得好像您——这位尊敬的小姐才是韦勒先生花园中最好的东西。您是未经雕琢的璞玉。’

“‘我已经订婚了，先生！’芙洛拉小姐急忙叫道。

“‘您没听懂我在说什么。’富豪说。

“然后我们继续欣赏这大迷宫。富豪悄悄地对我说：‘这位女士的咒骂让这些花朵变得比原本更有趣了。’

“我认可富豪说的话。

“接着，我们欣赏了一个小土堆上硕大的蓝色棕榈叶，四周其他植物大都要通过镜子才能看见，而且在反复地变大又变小。

“‘这才应该是原始森林里的景象嘛!’富豪兴奋地喊道。

“芙洛拉却说:‘我忍不住还是想说，自然……’

“但女士们、先生们，你们都知道了，芙洛拉小姐自始至终保留自己的观点。即使世界要毁灭了，她也会坚守诚实的天性。

“韦勒偷听了我们的谈话。他在事后跟我说，他的侄孙女让他着迷。

“‘若不是，’他跟我耳语道，‘她已经订婚了，我都想跟她订婚。她让买家有胃口。没有什么比诚实的天性更重要了。自然万岁！诚实的天性万岁！如果我能把所有手上的玻璃制品卖出去，我就能做新的——新上十倍的产品。我能用玻璃做一整个山脉景观！是啊，明希，我是会把它做完的!’

“最后，我只好奇这个故事会如何结束了。

“但现在，我看到部长手上有瓶啤酒，我感觉自己也渴了。”

米卡穆拉部长的宾客们又一次开怀大笑了起来。

大家开始传递慕尼黑啤酒。

是狮百腾牌的啤酒。

第七章

当所有人惬意地喝完了那连古埃及人都夸赞美味的饮料之后，男爵接着讲起了他的故事："离开迷宫并饱餐一顿后，韦勒先生让我们跟随他去他最新的大厅。

"在那里，我们得仰面躺在躺椅上，因为要看的东西在穹顶之上。

"突然间，我们看到了一个旋转着的巨大太阳。它被呈彗星射线状的花朵所围绕。

"在太阳下摇曳的花朵！彗星之花！

"韦勒解释道：'1882年，我在开普敦天文台，那年的第二颗彗星正在接近太阳。但当位于太阳之前时，它突然消失了。我们当时认为，它在太阳**后面**穿过了太阳大气层。但这是错的。它在太阳前面穿过了太阳大气层，彗星与太阳本身的亮度一样。这是我生命中的一次经历。我想象着那颗彗星中巨大的生命，然后，我并不知道是怎么回事，它一定对我的想法产生了深刻的影响。简而言之，我相信彗星可能是巨大的花朵。这促使我创作了你们在上面看到的作品。一切都在移动，没有什么是死的，太阳也是由玻璃制成的，你们可以看到它如何不断地改变颜色。然后它周围的花也随之一直在改变拖尾——任何细小的变化都会改变它的拖尾。为了这个故事，我已经工作了二十年。虽然我为此花费了这么

多的时间，但我并不感到可惜。我认为这个花卉是我最好的作品。’

“富豪喊道：‘我也觉得！我也觉得！’

“‘好吧，那您终于，’我说，‘找到了您一直在找的东西。’

“韦勒先生还特意提到，在他设计的太阳表面，还有清晰可见的花朵形态。他设计的太阳也自然是与我们熟知的其他太阳不同的。

“芙洛拉生气地说：‘亲爱的舅公，我觉得你接下来就要把大象变成一朵花了。在你这儿没什么是稳定的。’

“‘在我看来，’韦勒说，‘至少日珥有着部分类似花朵的特征，人们不也常用日珥森林这样的提法吗？’

“女士们、先生们，若是您想要我给你们更详细地描述飘浮彗星花朵的外观的话，请恕我无能为力了。

“如果我的朋友威廉允许人们为他的东西摄影，那么我讲座中的一切都将简洁明了。但他只想在世界上所有的百万富翁都欣赏过他的作品之后才让人拍照，他总是这样跟我说的。但并不是所有人都去过了，这我很确定。威廉先生也是一个商人。欧洲人对他很反感，他们觉得所有的艺术家都不需要钱。但威廉先生却需要非常多的钱。因此，我还不能给您展示玻璃花的照片。

“现在，我不介意我们去吃点儿晚饭，不然我们就太早喝下太多啤酒了。”

大家围着男爵，对他的演讲表示感谢。女士们都想知道结局。她们都对芙洛拉小姐非常感兴趣——对她特殊的淳朴和特殊的正直。

男爵却笑着说：“晚饭后，我再告诉你们结局，不然你们都不会认真听了。”

于是人们不得不等待。

大家先吃了晚饭。

第八章

晚饭后，月亮从太平洋上升起。米卡穆拉部长的公园里所有的纸灯笼都已经点亮。

明希豪森讲道：“富豪在韦勒的花园中宣称彗星之花是最好的那个夜晚，和此处此时如出一辙。

“那时我们和芙洛拉，还有富翁一起坐在一个这样的公园中央，纸灯笼也像这样在树丛和灌木中闪烁。

“富豪以四百万美元的价格买下了带有太阳和彗星花朵的穹顶。韦勒高兴地搓着手，在吃完牡蛎后说：‘亲爱的芙洛拉，我之后还要跟你说点儿你想听的事。’

“然后，这位年轻女士严肃的脸上扭曲出了痛苦的微笑，但她的眼中有什么东西亮了起来，看起来像是巨大的幸福。

“在那顿晚餐时，我忍不住一次又一次地赞叹芙洛拉那双开始闪烁出巨大幸福的眼睛。

“我到现在还能看见那双幸福的眼睛。

“韦勒接着对自己的侄孙女说：‘我今天要给你三倍于你所要求的数目，这样你终于可以结婚了。请尽可能地保持你身上的这份淳朴与正直。’

“然后芙洛拉抱着自己的舅公哭了起来。富翁没懂发生了什么。

“我则因为这位舅公对正直的伟大热爱，不得不由衷地笑了起来。

“这位女士回到了欧洲，根本不知道自己的咒骂帮了老韦勒先生多大的忙。

“每句咒骂之词都是那么有用。

“但我永远不会忘记芙洛拉那双充满幸福的眼睛。

“这里您可以看到一张芙洛拉·莫尔小姐的照片。”

男爵向女士们和先生们展示了芙洛拉·莫尔小姐的照片。

然后大家又喝了一轮真正的慕尼黑狮百腾牌啤酒。

当男爵和克拉丽莎夫人在夕阳中沿着湖边坚实的沙地行驶时，因为海浪声太过嘈杂，他在夫人耳边喊道：“克拉丽莎！快看洒在海浪上的月光！大海是多么壮丽啊！”

男爵夫人克拉丽莎却对着老明希豪森的耳朵喊道："明希！你完全忘记讲日俄战争了。他们要因此记恨你的。"

"的确!"明希豪森叫道，"我完全忘记了。等回到酒店，我马上写封道歉信。司机，请您开快一点儿!"

然后他们开得越来越快，以至于男爵汽车塑胶轮胎下的大洋海浪高高溅起。

还有许多白色海鸥从头顶掠过。